Alzando el vuelo

*Un clásico de Maryellen
Volumen 2*

por Valerie Tripp

★ American Girl®

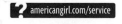
americangirl.com/service

Para Elizabeth Jane

Beforever™

En los libros BeForever descubrirás personajes intrépidos que despertarán tu curiosidad sobre el pasado, te inspirarán a encontrar tu propia voz en el presente, y te contagiarán su entusiasmo por el futuro. Sentirás un lazo de amistad con ellas a medida que compartas sus momentos divertidos y sus grandes desafíos. Al igual que tú, ellas son brillantes, valientes, imaginativas, emprendedoras, creativas, amables... y también se encuentran en la búsqueda de las cosas importantes de la vida; como ayudar a otros, ser buena amiga, cuidar la Tierra y defender lo que es correcto.

Te invitamos a leer sus historias, a explorar sus mundos y a unirte a sus aventuras. Tu amistad con ellas será una experiencia inolvidable. Una experiencia BeForever.

✳ ÍNDICE ✳

1   Cumpleaños, vestidos e ideas 1

2   Rock a toda hora 18

3   El mundo del espectáculo 40

4   ¿A quién queremos? 50

5   El desfile 64

6   Una estrella 75

7   Estupefacta 91

8   Canciones de carretera 108

9   ¡Desastre! 131

10   Grupos 147

11   ¡Hagámoslo! 155

12   Maryellen alza el vuelo 166

13   Los amigos voladores 177

14   Lo más importante 187

El mundo de Maryellen 196

Cumpleaños, vestidos e ideas

✳ CAPÍTULO 1 ✳

 e acercaba el cumpleaños de Maryellen Larkin.

—¡Voy a cumplir diez años! —exclamó feliz.

Ella y sus amigas recién salían de la escuela y caminaban a casa en una tarde soleada de abril. Con euforia, Maryellen se adelantó un poco a las chicas para verlas de frente, y caminó hacia atrás dando brincos.

—Mi cumpleaños es el sábado siete de mayo, sólo faltan tres semanas y algunos días —dijo rebotando sobre las puntas de sus pies— ¡Dios! He esperado este momento toda mi vida.

—Yo también —dijeron al tiempo sus mejores amigas; Karen King, Karen Stohlman y Ángela Terlizzi.

—¿Cómo será tu fiesta, Ellie? —preguntó Karen King entrando en materia— ¿Jugaremos bolos?

—No, hice eso el año pasado —respondió Maryellen—

Y el año anterior jugamos minigolf, y el anterior a ese hice una fiesta en la playa. Quiero hacer algo nuevo, algo que nadie haya hecho antes.

—¡Lo tengo! —dijo Karen Stohlman— ¡Podrías hacer una fiesta en el autocine!

—¿Y comer pastel en el coche? ¿Y abrir regalos en el coche? No creo que resulte muy bien —dijo Maryellen.

—¿Y una fiesta tipo Davy Crockett? Podemos usar gorras de mapache hechas con papel —dijo Karen King.

Davy Crockett era el programa de televisión favorito de todos. Era acerca de un héroe estadounidense llamado Davy Crockett, que vivía en las agrestes montañas de Tennessee durante el Siglo XIX. Todos los niños tenían sombreros de cola de mapache como el que usaba Davy Crockett. Maryellen incluso tenía ropa marca 'Daisy Crockett' que era una versión femenina de Davy.

—Quizá tu mamá pueda hacer tu pastel de cumpleaños con la forma de una gorra de piel de mapache —continuó Karen King— Y todos podríamos cantar el tema principal del programa de televisión —Karen cantó fuerte— 'Davy, Davy Crockett, rey de la frontera es'

—No —dijo Ángela bromeando— Cantaremos:

'¡Ellie, Ellie Larkin, reina de Daytona Beach!'

Las cuatro chicas rieron a carcajadas hasta que Karen King las bajó de nuevo a tierra preguntando:

—Hablando de Davy... ¿Este año vas a invitar a Davy Fenstermacher, Ellie? Siempre lo has hecho...

—Cuando éramos amigos —dijo Maryellen.

Davy Fenstermacher y su familia vivían justo al lado de los Larkin. Él y Maryellen habían sido grandes amigos; iban juntos a la escuela en sus bicis, almorzaban juntos en el patio, jugaban a la salida de la escuela y salían a jugar también los fines de semana. Pero habían discutido al comienzo del año escolar y aún no se reconciliaban. Davy no le hablaba desde entonces.

—Davy no vendría a mi fiesta ni aunque le rogara —dijo Maryellen— Está demasiado ocupado siendo el mejor amigo de Wayne.

—'Wayne el insoportable' —dijo Karen Stohlman.

—De todos modos —agregó Maryellen— a los diez años ya eres muy grande como para invitar niños a tu fiesta. No se vuelven a invitar niños hasta la secundaria, cuando ya no sean nuestros amigos sino nuestros novios. Pondremos discos y bailaremos con ellos... como en un baile escolar, sólo que en casa.

Las chicas hicieron silencio por un momento. Ya sabían algo sobre los bailes escolares: los chicos y chicas se quitaban los zapatos y bailaban en calcetines para no rayar el piso. Pero estaban tratando de imaginar si alguna vez querrían bailar con un niño, especialmente con uno como Wayne, que seguramente sería más insoportable en secundaria de lo que ya era.

—Joan me platicó sobre las fiestas de la secundaria —dijo Maryellen— Por eso lo sé.

—¡Ahh! —dijeron las tres con un brillo en sus ojos.

Todas admiraban a Joan, la hermana mayor de Maryellen, que ya tenía dieciocho años. La veían como la máxima autoridad en cuanto a moda, romance y ser adulta. Sobre todo ahora que estaba comprometida con su novio, Jerry. Él había sido marinero en la Guerra de Corea y ahora estaba en la universidad. Joan y Jerry estaban planeando su boda, que se llevaría a cabo al final del verano. Maryellen estaba muy entusiasmada porque iba a ser dama de honor. De repente se detuvo en seco.

—¡Ey! —gritó Maryellen casi sin aire— Se me acaba de ocurrir algo brillante.

—¿Qué? —gritaron Ángela, Karen y Karen— ¿Cuál

es tu idea? ¡Cuéntanos!

Maryellen levantó las manos para pedir silencio y tomar la palabra.

—¿Qué tal si... —empezó a decir lentamente— hago una fiesta temática sobre estrellas de cine, para que todos vengan disfrazados de sus actores favoritos? Seré Debbie Reynolds y usaré mi vestido de dama de honor.

—¡Wow! ¡Me encanta la idea! —dijo Karen King.

—¡Una fiesta de estrellas de cine! —dijo Karen Stohlman— ¡Genial! ¡Nadie lo ha hecho antes!

Las chicas comenzaron a nombrar todas las estrellas de cine más glamurosas de 1955.

—Yo seré Audrey Hepburn —dijo Ángela.

—¡Pido a Grace Kelly! —dijo Karen Stohlman.

—No puedo decidir si quiero ser Elizabeth Taylor o Marilyn Monroe —susurró Karen King— O tal vez sea una estrella de televisión como Lucille Ball de Yo Amo a Lucy.

—Scooter puede disfrazarse de Rin Tin Tin o de Lassie —bromeó Maryellen— Y yo sería J. Fred Muggs, ¡el chimpancé!— Corrió por la banqueta moviendo sus brazos como si fuera el famoso chimpancé de la televisión.

Las chicas se rieron hasta quedar sin aliento, y luego Maryellen dijo:

—¡Ahora estoy todavía más emocionada por mi cumpleaños!

—¡Yo también! —dijo Karen Stohlman— No puedo esperar a ver tu vestido de dama de honor. Apuesto a que es precioso. ¿Cómo es?

—Pues... —respondió Maryellen— será precioso cuando esté terminado. Mamá lo está haciendo.

—Oh... —dijeron dudando un segundo para continuar... —qué bien.

Maryellen sabía muy bien lo que estaban pensando sus amigas, porque ella pensaba justo lo mismo. Todas habían tenido malas experiencias cuando sus madres tomaban como pasatiempo la confección de vestidos. Sus amigas eran demasiado educadas para decirlo, pero era un hecho que los vestidos confeccionados por las mamás no solían quedar muy bien.

Ángela fue la primera que logró decir algo optimista:

—Como tu mamá está haciendo el vestido, te va a quedar justo a la medida.

Maryellen sonrió en agradecimiento y exclamó:

—Definitivamente eso espero... no quiero que
piensen que la estrella de cine que escogí para mi dis-
fraz ¡fue el espantapájaros de El Mago de Oz!

✳

—Ellie, cariño, quédate quieta —dijo la señora
Larkin.

Maryellen contuvo la respiración mientras mamá,
de rodillas y muy concentrada, sujetaba un patrón
del vestido con alfileres. Así sabría de dónde lo debía
entallar. Maryellen era tan delgada como el asta de una
bandera, por lo que mamá estaba usando un montón
de alfileres. Maryellen notó que mamá resoplaba de
cansancio. Incluso la creativa mente de Maryellen tenía
que esforzarse para imaginar cómo saldría un vestido
de ese patrón de papel china. Con todos esos alfileres,
los pedazos de papel parecían dibujar la figura de
Scooter, el perro salchicha de los Larkin. Quizá había
sido un error rogarle a mamá que hiciera primero su
vestido. Mamá también haría los vestidos para Carolyn
y Beverly, las siguientes hermanas de Maryellen.
Carolyn tenía catorce años y Beverly siete. "Creo que
debí esperar a que mamá supiera un poco más de

costura" —pensó Maryellen. Bueno, ¡ya era demasiado tarde! Al menos no le había dicho que quería tener el vestido listo para su fiesta de cumpleaños de estrellas de cine. Se daba cuenta de que presionar aun más a mamá con una fecha límite que era en pocas semanas, la pondría al borde de un ataque de nervios.

La señora Larkin volvió a resoplar, se veía estresada. Joan, la futura novia, levantó la vista del libro que estaba leyendo y dijo suavemente:

—Mamá, sabes que no tienes que hacer esto, ¿verdad? Seré igual de feliz con vestidos ya hechos comprados en O'Neal's.

—No, no, no —dijo la señora Larkin, sentándose en cuclillas mientras secaba su frente sudorosa con la mano— No, estoy decidida a hacer los vestidos. Tu padre y yo nos casamos durante la depresión, y no tuve damas de honor en mi boda, ¡además me casé con un vestido prestado! Quiero hacer por ti todo lo que yo no pude tener, Joanie.

—Jerry y yo no necesitamos tanto revuelo —dijo Joan— Queremos una boda pequeña.

—Tonterías —dijo la señora Larkin— Para una mujer el día de la boda ¡es el día más importante de su vida! Tu padre y yo queremos que la tuya sea perfecta en cada detalle: el pastel, las flores, tu velo...

—Y tu cabello... y tus zapatos... —intervino Maryellen.

—Jerry y yo ya hablamos acerca de casarnos al aire libre, en un jardín o en un parque —dijo Joan— Así que probablemente use zapatos planos. No queremos estar adoloridos e incómodos.

—¡Pero esperaba que Jerry vistiera su uniforme de la Marina! —dijo mamá.

—Eso es muy formal —dijo Joan— Queremos estar más relajados.

—¡Pero Joan! —dijo mamá— ¿Zapatos sin tacón? ¿Un parque? Esta es tu boda, no un asado de salchichas. A veces creo que yo estoy más entusiasmada por tu matrimonio que tú. —Mamá tomó un alfiler y pinchó el patrón del cuello del vestido en el hombro de Maryellen.

Maryellen sospechaba que el cuello estaba al revés, pero se quedó callada mientras Joan decía:

—Oh, no, no, no. Estoy entusiasmada con la boda. Estoy más que encantada de casarme con Jerry. Pero para mí, el matrimonio es una cosa y la boda es otra. El matrimonio es para siempre y la boda dura solamente un día. Y no me malinterpretes; estoy agradecida por todo lo que estás haciendo. Jerry y yo sí queremos que nuestra boda sea hermosa, pero no queremos que sea recargada o extravagante, ni causar tanto alboroto.

—No es recargado ni extravagante hacer las cosas como debe ser —dijo mamá— Estoy resuelta a organizarles a ti y a Jerry una boda adecuada. Por el amor de Dios, si te lo dejo todo a ti, probablemente te casarías en los escalones de una biblioteca pública, ya que te gustan tanto los libros.

—Y llevaría libros de ramillete —bromeó Maryellen.

—Bueno, amo los libros casi tanto como a Jerry —dijo Joan sonriendo— Pero te prometo que no me casaré en una biblioteca, mamá. Te prometo que podrás organizar mi boda a tu gusto.

Mamá también sonrió.

—¿Entonces me estás dando permiso para avanzar a toda máquina? —preguntó mamá.

—Adelante capitán —dijo Joan riéndose.

Maryellen también estaba feliz de ver a mamá sonriendo, aunque estuviera tan distraída que había puesto el patrón de la faja al revés también.

✳

Al día siguiente en la escuela, la maestra de cuarto grado de Maryellen, la señora Humphrey, escribió en el pizarrón:

Hoy es jueves 12 de abril de 1955.

—¡Wayne Philpott! —dijo de repente la señora Humphrey sin darse vuelta— Si le tira esa bandita elástica a Maryellen, usted y yo almorzaremos juntos el resto de la semana.

Davy le arrebató la bandita elástica a Wayne y la puso en su escritorio. Maryellen giró hacia Wayne y le hizo muecas con la lengua afuera.

A veces resultaba útil que la señora Humphrey ¡pareciera tener ojos en la espalda!.

—Niños y niñas —dijo la señora Humphrey— Por favor, presten atención. Hoy vamos a ir a una asamblea especial en el auditorio, junto al resto de la escuela.

Todos empezaron a moverse y murmurar, y Wayne gritó '¡Yuju!'

—Sé que mis alumnos de cuarto grado se comportarán como damas y caballeros —dijo la señora Humphrey.

Wayne agitó sus pestañas, cruzó las manos sobre el pupitre y sonrió inocentemente.

—Fórmense, por favor —dijo la señora Humphrey.

Todos los estudiantes saltaron de sus pupitres. Wayne intentó hacer tropezar a Maryellen cuando iba camino a la fila de niñas, pero por suerte había escuchado a alguien, tal vez Davy, susurrar '¡Cuidado!' justo a tiempo para esquivar el pie de Wayne.

—Silencio en el pasillo, por favor —dijo la señora Humphrey.

Mientras Maryellen y sus compañeros de clase entraban en fila al auditorio, ella vio al director Carey al frente, moviendo los diales del televisor. Las gafas del señor Carey estaban levantadas sobre su frente. Miraba de reojo los diales y movía la antena para obtener una imagen clara en la pantalla del televisor. Parecía ser un programa de noticias. En realidad, la pantalla era demasiado pequeña y estaba demasiado lejos de Maryellen o de cualquier otro estudiante como para saberlo con seguridad.

El señor Carey había subido mucho el volumen, pero el sonido sólo se mezclaba con el bullicio del auditorio; los estudiantes hablaban, hacían crujir sus

asientos, arrastraban sus pies y gritaban saludando
a sus amigos. El señor Carey prendió y apagó varias
veces las luces para que hicieran silencio, y luego se
llevó el dedo índice a su boca:

—¡Shhh! —Y finalmente gritó—: ¡Silencio!

Cuando todos se callaron, Ángela le susurró a
Maryellen:

—¿Crees que estamos aquí para recibir buenas, o
malas noticias?

—Buenas noticias —dijo Maryellen, a quien siempre
le gustaba ser positiva.

—Hoy, hace diez años, murió el presidente Franklin
Delano Roosevelt —dijo el conductor del noticiero en la
televisión— Roosevelt no podía caminar porque había
padecido polio, una terrible enfermedad que ha matado
a muchas personas, especialmente a niños. Hace tres
años, en 1952, una epidemia de polio afectó a más
de cincuenta mil personas en los Estados Unidos de
América, y mató a casi tres mil. Pero hoy, el Dr. Jonas
Salk de la Universidad de Pittsburgh, anunció que
descubrió una vacuna segura y efectiva para prevenir
la polio. El mundo entero está agradecido con el Dr.
Salk y con los más cien millones de estadounidenses

que donaron dinero para investigar cómo prevenir la polio. Y ahora, la tarea que tenemos por delante es concientizar al público para recaudar dinero y así poder producir y distribuir la vacuna.

El conductor del noticiero siguió hablando, pero nadie escuchó el resto de la noticia porque todos en el auditorio empezaron a aplaudir. Los estudiantes saltaban y silbaban mientras los profesores se abrazaban unos a otros y lloraban lágrimas de felicidad. Una vacuna para prevenir la polio era realmente una muy buena noticia. Afuera se escuchaban campanas de iglesia y sirenas, como muestra de celebración.

Sintió que alguien le dio un suave golpecito en la espalda. Era Davy. Él sonrió y levantó las cejas. Luego se dio vuelta sin decir nada, pero no importaba. Maryellen sabía que la sonrisa de Davy era un pequeño y silencioso momento de celebración sólo entre ellos dos. Davy le demostraba que sabía lo mucho que significaba esta noticia para ella, porque cuando estaba más pequeña había tenido polio. Ahora ya estaba mucho mejor. Las únicas secuelas eran que tenía una pierna un poquito más débil que la otra, y que sus pulmones eran extra sensibles al frío.

Pero Maryellen recordaba muy bien lo dolorosa que había sido la polio. A veces tenía pesadillas en las que sufría de polio otra vez, y ese sentimiento oscuro, intenso y aterrador de estar perdida en el dolor y la preocupación volvía. Con todo su corazón, estaba feliz de que ahora, gracias al Dr. Salk, nadie más; ni sus amigos, ni sus hermanos, ni ningún niño, tendría que conocer alguna vez ese terrible sentimiento. Y estaba feliz de que aunque Davy no parecía querer ser su amigo de nuevo, entendía lo que esto significaba para ella.

—Bueno, no puedo decir que muero de ganas de que me pongan la vacuna —dijo Karen Stohlman mientras las niñas salían del auditorio— Odio las vacunas —se volvió hacia Maryellen y le dijo—: Tú tienes suerte, Ellie. Tú no tendrás que ponerte la vacuna porque ya tuviste polio.

Maryellen no pensaba que eso fuera "tener suerte". En primer lugar, no era una suerte haber contraído una enfermedad tan terrible. Y en segundo lugar, se sentía más bien excluida porque ella no sería vacunada como el resto. Ella quería ser parte de algo tan importante e histórico, de algo que iba a cambiar al mundo para bien.

—Yo tampoco me voy a poner la vacuna —dijo Carol Turner, otra niña de la clase —Mi mamá dice que

las vacunas son peligrosas —Carol tembló— Cuando
te ponen una vacuna, te meten un virus muerto en tu
cuerpo.

—¡Qué asco! —dijo Karen King— No quiero que
nadie me ponga ningún virus en mi cuerpo, ya sea
que esté vivo o muerto. ¡Ahora tengo miedo de que me
pongan la vacuna!

—¿Estás hablando en serio? —Le preguntó Maryellen
horrorizada e incrédula— Por fin hay una vacuna para
protegernos de una enfermedad tan terrible como la polio,
una enfermedad que puede dejarte paralítico o incluso
matarte, ¿y tienes miedo de ponerte esa vacuna?

Carol Turner se encogió de hombros y dijo:

—Apuesto a que mucha gente cree que la vacuna es
peligrosa, como piensa mi mamá, así que no se van a
vacunar.

—Pero, pero... —Maryellen balbuceó, se quedó estupefacta y sin palabras; estaba indignada. Y justo en ese
momento, tuvo una gran idea. Se detuvo a mitad del
pasillo y le anunció a sus amigas:

—Ya decidí el tema para mi fiesta de cumpleaños.

—Es la fiesta de estrellas de cine, ¿verdad? —dijo
Karen Stohlman.

—No —dijo Maryellen.

La fiesta sobre estrellas de cine le parecía frívola ahora. Quería hacer algo realmente importante y significativo en su cumpleaños.

—Vamos a montar un espectáculo. Y la idea principal del espectáculo será alentar a la gente a que se vacune contra la polio. Cobraremos una entrada de diez centavos y enviaremos el dinero a la Marcha de los Diez Centavos para ayudar a pagar la vacuna para los niños pobres.

Ángela saltó y aplaudió con alegría.

—¡Y yo que pensaba que la idea de las estrellas de cine era buena! —dijo— ¡Un espectáculo es mucho mejor!

Maryellen estuvo de acuerdo. Estaba entusiasmada, contenta y orgullosa de haber pensado en una forma de ayudar al Dr. Salk a luchar contra la polio. Y estaba segura de que también hallaría la forma de usar el vestido de dama de honor en su espectáculo.

Rock a toda hora

ra el primer día de ensayo para su espectáculo de cumpleaños. Maryellen estaba tan entusiasmada que el corazón le brincaba en el pecho.

Todas las artistas (Carolyn, Beverly, Ángela y las Karens) estaban sentadas en la entrada frente a la cochera, como lo estaría el público el día del evento. Los dos hermanos pequeños de Maryellen, Tom y Mikey, estaban sentados también en la entrada, con Scooter en medio. Los niños habían rogado una y otra vez poder estar en 'El Show del Dr. Sal', como le seguía diciendo Tom sin importar cuántas veces Maryellen le recordara que el nombre era Salk, no Sal. Mamá le había pedido que los incluyera en el *show* y los distrajera mientras ella cosía, entonces no tuvo opción. Quería que mamá cosiera tranquila, porque la fecha límite para tener listo su vestido estaba cada vez más cerca.

—¡Miren todos! —dijo Maryellen en voz alta— Hice carteles para anunciar nuestro *show*.

Mostró dos de sus carteles. En uno se veían filas y filas de niños sonriendo, y en el otro se veía una moneda gigante de diez centavos. El título de los carteles era '¡Detenga la polio! ¡Vacúnese!' Y en la parte inferior decía 'Usted puede ayudar. Disfrute un espectáculo en la casa de los Larkin el sábado siete de mayo a las 3:00 p.m. La entrada tiene un costo de diez centavos que se donarán a la Marcha de los Diez Centavos'.

—Oooh —susurraron admirados.

—Los carteles están geniales —dijo Karen King.

—Hice tres de cada uno —dijo orgullosa Maryellen.

—¡Genial! —dijo Carolyn— Los colgaremos en todo el vecindario.

—¡Ellie, eres una muy buena artista! —agregó Ángela— Eres tan buena como la abuela Moses.

—Gracias —dijo Maryellen, satisfecha de ser comparada con una de las artistas más famosas de 1955— Ahora, imaginen que hay sábanas colgadas detrás de mí como telones de teatro, ocultando la parte del taller de la cochera, eso será tras bastidores.

—De acuerdo —dijeron todas riendo.

Maryellen continuó:

—Leeré el guión en voz alta y cada una de ustedes puede elegir qué parte quiere interpretar.

—¡Hurra! —aclamaron todas felices.

Antes de que Maryellen leyera la primera palabra, Davy y Wayne aparecieron en el jardín de al lado. La mamá de Davy lo traía prácticamente a empujones.

—Davy quiere participar en tu pequeño espectáculo, Ellie —dijo la señora Fenstermacher— Tu mamá me contó tu idea cuando me llamó para pedirme consejos sobre costura, y pensé que era la idea más linda que había oído. Entonces dije: 'Davy, vas a participar en el espectáculo de la polio de la adorable fiesta de cumpleaños de Ellie'. Él es tímido, pero sí quiere. ¿Cierto cariño?

—Supongo que sí —dijo Davy con tanto entusiasmo como si se fuera a comer un plato lleno de gusanos.

Maryellen sabía que él nunca hubiera venido por su cuenta.

—Eh, claro —dijo ella.

No le molestaba que Davy participara en el *show*. En realidad la alegraba; excepto por que Wayne se metería, como siempre.

La señora Fenstermacher fue adentro a darle a la señora Larkin sus tijeras para coser, y Wayne caminó de inmediato hacia la entrada. Le sonreía con arrogancia a Maryellen, dejando claro que no pensaba irse a ninguna parte. Como de costumbre, Wayne estaba usando su gorra con hélice. Maryellen siempre soñaba con que la hélice lo elevara hasta llevarlo muy, muy lejos.

Maryellen ignoró a Wayne y comenzó a leer el guión que había escrito:

—La lucha contra la polio. Acto uno. En el laboratorio del Dr. Jonas Salk.

Maryellen estaba tan orgullosa de su guión que ¡sentía que podía estallar de emoción! Su espectáculo era un musical. Había adaptado las letras de varias canciones conocidas, inspirada por la forma en la que Ángela había cambiado la letra del tema principal de Davy Crockett. Por ejemplo, para la canción de 'En una granja había un perro, y se llamaba Bingo', ella había escrito:

Había una enfermedad muy mala

Y se llamaba polio
P-O-L-I-O, P-O-L-I-O, P-O-L-I-O
Y se llamaba polio

Esa canción estaba en el primer acto; que hablaba sobre la polio y sobre el descubrimiento del Dr. Salk. El segundo acto se trataba de alentar a las personas para que se vacunaran contra la polio. Para la canción de 'El viejo MacDonald tenía una granja', Maryellen había escrito:

¡Vacúnate para no tener
Po-li, oh-li, oh!

En ambos actos, solamente hablaba el narrador y los actores representaban en silencio lo que el narrador decía. Por supuesto Maryellen planeaba ser la narradora, para poder usar el vestido de dama de honor.

Mientras leía su guión en voz alta, no pudo evitar darse cuenta de que el entusiasmo de todos estaba desapareciendo. Antes de haber terminado de leer el primer acto, Karen King estaba jugando con Beverly; Carolyn y Ángela estaban comparando su color de esmalte, Wayne estaba echando césped en el cabello de Karen Stohlman, y Tom y Mikey estaban algo atontados. Lo que estuviera pensando Davy era imposible de adivinar, porque simplemente estaba acostado sobre el lomo de Scooter, mirando las nubes. Pero Maryellen continuó, creyendo que cada palabra que había escrito era esencial. Cuando dijo 'Fin', todos aplaudieron con poco entusiasmo. Solamente Wayne aplaudió fuerte.

—¡Estoy aplaudiendo porque estoy tan aliviado de que finalmente se acabara! —dijo Wayne— ¡Dios! Ese espectáculo suena tan divertido como dejarse pinchar contra la po-li, oh-li oh.

—Sólo pueden hablar los dueños del circo, no los animales, Wayne —dijo Carolyn. Se volvió hacia Maryellen y le dijo con dulzura—: La función parece demasiado larga, creo que porque es muy incómodo estar sentado en la entrada. Hace mucho calor. La gente necesitará almohadas o sillas de playa, o algo.

—De acuerdo —dijo Maryellen.

—Bueno, no te ofendas, Ellie —dijo Karen King, que no tenía miedo de ser directa— pero creo que la obra parece demasiado larga porque es demasiado larga. Debe ser más corta o más divertida, si no, a la gente no le gustará.

—Creo que puedo hacerla un más corta —dijo Maryellen, tratando de no enojarse.

Nadie parecía apreciar lo mucho que había trabajado, escribiendo la obra por sí sola, sin ayuda de nadie. ¡Cielos! Varias noches se había ido al baño en silencio, y sentada en el piso había escrito páginas y páginas, iluminada sólo por la luz de la luna. De mala gana dijo:

—Puedo sacar algunas canciones.

—No, no saques las canciones —dijo Beverly— Son las únicas partes buenas.

—Pero la música es un poco infantil —dijo Carolyn, que desde hacía poco estaba loca por el rock 'n' roll— A la gente le gustan las canciones exitosas como 'Rock a toda hora'.

—Una música mejor podría ayudar— dijo Karen King, hablándole a Carolyn como si Maryellen fuera invisible— Pero la forma monótona en la que habla el narrador es aburrida.

—Tal vez el *show* sólo necesite más variedad —dijo Ángela.

—De hecho, un espectáculo variado sería mucho mejor, si me preguntan a mí —dijo Wayne.

—Pero nadie te preguntó —dijo Maryellen con ira— Ocúpate de tus propios asuntos.

Pero mientras Maryellen estaba regañando a Wayne, Karen Stohlman estaba diciendo con entusiasmo:

—¡Variedad! ¡Eso es! Vamos a montar un espectáculo de variedades, como el Show de Ed Sullivan. Todos podemos hacer diferentes actos, como cantar, bailar y hacer malabares o trucos de magia.

—Eso sería mucho más divertido para el público —dijo Carolyn.

—Y para nosotros también —dijo Karen King— porque cada uno podrá hacer lo que le gusta y mostrar con orgullo sus talentos, en lugar de ser simplemente títeres sin decir nada por nuestra cuenta.

—Un momento —dijo Maryellen. Sentía como si el espectáculo se le estuviera escapando de las manos, estaba fuera de su control— Yo...

Pero Karen Stohlman ya se había levantado sobre las puntas de sus pies, y haciendo una pirueta dijo:

—Beverly y yo podemos hacer *ballet*.

—¡Yo tocaré rock 'n' roll en el piano!— dijo Carolyn.

—Ángela y yo podemos bailar y cantar —dijo Karen King. Y para demostrarlo, ella y Ángela comenzaron a bailar y a cantar:

> *We're gonna rock around the clock tonight,*
> *We're gonna rock, rock, rock*
> *Till broad daylight,*
> *We're gonna rock, we're gonna rock*
> *Around the clock tonight.*

—Tú puedes hacer trucos con el lazo —le sugirió Wayne a Davy— ¡y atrapar a Scooter!

Incluso Tom se animó:

—Mikey y yo podemos hacer un *show* de títeres con nuestros títeres de Howdy Doody.

—¿Qué haré yo? —preguntó Maryellen. Nadie la escuchó, así que lo dijo nuevamente más fuerte— ¿Qué haré yo?

Todos se callaron por un momento, tratando de pensar cuál era el talento de Maryellen.

—Tú ya hiciste estos carteles geniales —dijo finalmente Carolyn.

—¿Pero qué haré en el espectáculo? —preguntó Maryellen.

Davy se levantó.

—Tú eres buena hablando —dijo él— Puedes contar chistes o algo por el estilo.

—Así como: ¿por qué el payaso arrojó el reloj por la ventana? —dijo Wayne— ¡Porque quería que volara el tiempo! ¿Entendieron?

—Cállate, cabeza de helicóptero— dijo Maryellen— No quiero contar chistes tontos. Quiero animar a la gente para que se vacune. Esto es algo serio, es muy importante.

—Bueno, entonces haz un discurso corto acerca de Jonas Salk —dijo Carolyn— y canta una de tus canciones. Quizá la que habla acerca de vacunarse, la de 'po-li, oh-li, oh'.

—¡Sí, eso estaría bien! —dijo Ángela alegremente.

Maryellen abrazó el guión contra su pecho. ¡Y todo el trabajo para nada! Estaba extremadamente desilusionada. Pero estaba claro que nadie quería hacer el espectáculo que ella había escrito. Ellos solamente querían cantar, bailar y presumir. ¡Pero no podía hacer el *show* ella sola! Así que se rindió.

—Está bien —dijo.

Al menos podría usar su vestido de dama de honor, si mamá lograba terminarlo. "¿Podrá lograrlo? —pensó

Maryellen—Será mejor que le pregunte cómo va con la costura".

Esa noche, Maryellen y Scooter acompañaron a mamá a recoger a Carolyn, que estaba en un baile escolar de su secundaria. No era común tener a mamá solamente para ella; Maryellen sabía que debía preguntarle sobre su vestido de dama de honor, pero no estaba segura de cómo comenzar. No quería molestar a mamá con el tema. Finalmente dijo:

—¡Vaya! Carolyn ha cambiado mucho, ¿verdad? El año pasado no hubiera querido ir a un baile. Cuando te des cuenta ya estará yendo al baile de graduación con un vestido, un ramillete, un novio y todo, como Joan.

—Carolyn ya es una mujercita —afirmó mamá— Es lo que las revistas llaman una 'quinceañera' —Mamá sonrió, y luego dijo suspirando—: ¡Todos ustedes están creciendo tan rápido! Siento que fue hace muy poco que le compré el primer vestido de fiesta a Joan. ¿Recuerdas ese precioso vestido rosa? Aún está en algún lugar del armario. Y ahora ya va a casarse ¡Dios mío!

Maryellen aprovechó su oportunidad.

—Por cierto —preguntó fingiendo indiferencia— ¿cómo va avanzando mi vestido de dama de honor?

—La señora Fenstermacher me ayudó a cortar la tela —dijo mamá— Ahora solamente tengo que coser todas las partes para unirlas.

Eso no parecía tan difícil.

—¿Crees que... quiero decir... me preguntaba si... podrías tenerlo listo para mi cumpleaños? —Preguntó Maryellen.

—Ellie, cariño —dijo mamá poniéndose tensa— Cuando se está planeando una boda, hay muchas cosas que se deben hacer con anticipación. Aunque la boda sea hasta el final del verano, ya estoy terriblemente ocupada con los preparativos. Hay mucho por hacer y quiero que todo sea perfecto. Tengo que reservar el servicio de *catering* y elegir el menú. Luego tengo que ver lo de las flores, y encontrar músicos y elegir la música.... Y la lista sigue. No sé si tendré tiempo para terminar tu vestido la próxima semana. Ya veremos.

Scooter resopló mientras dormía, como diciendo: "Ummm, 'ya veremos' no es muy tranquilizador".

Justo eso estaba pensando Maryellen.

Mamá pareció alegrarse al cambiar de tema cuando

se detuvieron en el colegio de Carolyn.

—Ve adentro y dile a tu hermana que ya estamos aquí, por favor —le dijo a Maryellen.

Mientras Maryellen caminaba, el rock 'n' roll resonaba tan fuerte que todo el gimnasio de la escuela parecía palpitar. Estaba decorado con espirales de papel entre las canchas de baloncesto y las ventanas, y lleno de chicas con vestidos muy bonitos, y chicos con suéteres del equipo deportivo o con saco y corbata. A lo largo de las paredes, se encontraban alineados los zapatos, y los muchachos y muchachas en la pista de baile estaban en calcetines, bailando rápidamente al ritmo del rock 'n' roll. Maryellen pensó que el baile en calcetines parecía algo divertido, excepto por la parte de bailar con un niño. Miró a su alrededor y cuando encontró a Carolyn, apenas la reconoció. Carolyn estaba bailando con un muchacho, ¡bailaba tan bien como una bailarina de televisión! Y estaba hermosa. En casa, Carolyn usaba ropa habitual de adolescente; *jeans* remangados, una camiseta vieja de papá atada a la cintura, calcetines cortos y mocasines clásicos. Pero esa noche estaba elegante. La falda larga de su vestido se ceñía a su cintura, y ondeaba elegantemente cuando su compañero la hacía girar. Sus pies parecían elevarse. Maryellen saludó a Carolyn. Carolyn también la saludó y cuando la música terminó, se despidió de su compañero y se apresuró a salir.

Mientras veía a Carolyn acercarse, saludando a sus amigos, con ese brillo en sus ojos y sus mejillas ruborizadas, Maryellen tuvo una mezcla de sentimientos. Sentía un poquito de envidia, un poquito de orgullo, un poquito de melancolía, un poquito de curiosidad y en el fondo, también esperanza sobre su propio futuro. Ser adolescente parecía bastante interesante.

La esperanza era algo que Maryellen necesitaba más y más a medida que los ensayos del *show* de variedades para la fiesta de cumpleaños continuaban. Todos los días después de clases, todos los que participaban en el espectáculo iban a casa de los Larkin para practicar. Al menos se suponía que era para practicar. Pero Wayne y Davy solamente corrían alrededor enlazándose uno con el otro, perseguidos por Tom y Mikey. Las bailarinas de *ballet*, Beverly y Karen Stohlman, no se podían poner de acuerdo sobre quién haría qué en su presentación de *ballet*. Carolyn siempre estaba adentro hablando por teléfono con un muchacho llamado Douglas Newswander, que fue con el único que había bailado en el baile de la escuela. Y Karen King seguía cambiando de parecer acerca de qué canción cantarían ella y Ángela.

—Oh, tuve la idea más maravillosa —le dijo Karen King a Ángela la tarde anterior a la que se suponía que el espectáculo iba a realizarse— En lugar de cantar 'Rock a toda hora,' vamos a cantar '¿Cuánto cuesta ese perrito en la ventana?' ¡Podemos pedir prestadas las faldas de *poodle* de Ellie y Karen Stohlman, y Scooter puede ser el perrito en la ventana! ¿Eso no sería lindo?

—Ajá —dijo Ángela— Excepto por que no conozco la letra de esa canción.

—Yo sí —dijo Karen King— Dice así:

> *¿Cuánto cuesta el perrito en la ventana?*
> *Algo... algo... su cola menea.*
> *¿Cuánto cuesta el perrito en la ventana?*
> *La la la el perrito esté a la venta.*

—Bueno, algo así —Karen King continuó

jovialmente. Será fácil aprendernos la letra.

—¿Para mañana? —preguntó Maryellen, tratando
de no sonar chillona— ¿Aprenderás el 'algo, algo' y
el 'la la la' para mañana? Porque el espectáculo es
mañana. Y es demasiado tarde para tonterías. Este es
nuestro último ensayo.

—Lo sabemos —dijo Karen King con una tranquilidad
exagerada— No tienes que ser tan quisquillosa al respecto.

—Y buena suerte convenciendo a Scooter para que
sea el 'perrito en la ventana' o que haga lo que ustedes
quieran cuando ustedes quieran —dijo Maryellen.

Davy ya había renunciado a enlazar a Scooter porque
Scooter no se sentaba. Scooter simplemente permanecería
allí como un costal de papas.

—Davy tiene que enlazarme a mí en lugar de a Scooter
—señaló Maryellen.

—Bueno, si tú vas a hacer de Scooter para Davy,
también puedes hacer del perrito en la ventana para
Karen y para mí, ya que Scooter no coopera —dijo
Ángela— Puedes atar la cuerda de Davy alrededor de
tu cintura y moverte un poco para que sea una cola que
se menea.

—Bueeeno —dijo Maryellen poco entusiasmada.

Su propio papel en el espectáculo era tan pequeño que estaba haciendo de relleno en cualquier lugar, en cualquier acto, donde cualquiera la necesitara para lo que fuera. Por ejemplo, ni Beverly ni Karen Stohlman querían ser el bailarín en su *ballet* porque ambas querían usar un tutú. Así que Maryellen tenía que usar pantalones y ser en quien se apoyaran cuando se paraban sobre las puntas de los pies. A Tom y a Mikey los ayudaría con su espectáculo de títeres. A ellos les gustaba mover los títeres, pero no sabían qué decir, entonces Maryellen tenía que inventar una historia para ellos, que además coincidiera con lo que los títeres estaban haciendo, que era básicamente dormir, caminar y abrazarse, porque eso era lo único que Tom y Mikey sabían hacer con los títeres. También era su trabajo dar vuelta a las partituras de Carolyn porque aún no se había memorizado todas las notas de 'Shake, rattle and roll', la canción de rock 'n' roll que iba a tocar en el piano.

Ahora debía ensayar la parte más importante del espectáculo: su propio discurso y canción. Se paró enfrente de la cochera y comenzó:

—La lucha contra la polio —dijo, casi sin

aliento— El Dr. Jonas Salk...

—Espera un minuto, Ellie —la interrumpió Karen King— Mañana en el *show* ¿no se supone que vas a usar el vestido de dama de honor cuando des tu discurso? ¿Cuándo vas a tener tiempo de cambiarte los pantalones?

Maryellen se quitó el cabello de su frente transpirada y respondió:

—Supongo que después de la música de Carolyn. No quería admitir ni a ella misma ni a nadie que aunque la señora Fenstermacher estuviera encima todo el tiempo ayudando a mamá, su vestido aún no estaba listo.

Había otra cosa que ella tampoco quería admitir. Y era que su acto, que se suponía debía ser el principal, era un desastre. Su canción no era tan mala, pero se había acostumbrado a ver a la gente alejándose cuando ella practicaba su importante discurso. Incluso Scooter se iba algunas veces, y él nunca se movía a menos que fuera absolutamente necesario o si le ofrecían comida. Carolyn incluso le había dicho:

—Mira el lado positivo, Ellie. ¡Tú y tu acto harán que la gente aprecie más al resto del *show*! —Pero Maryellen no se animaba; se sentía preocupada.

—La lucha contra la polio —comenzó Maryellen nuevamente. Se sorprendió y se sintió satisfecha de que esta vez, mientras estaba dando su discurso y cantando su canción, todos la estaban mirando. Incluso estaban asintiendo y sonriendo. Realmente parecían estar disfrutando del acto. "Tal vez estoy mejorando —pensó— O por fin están comenzando a entender lo importante que es esto".

Pero luego, por el rabillo del ojo, Maryellen pilló un movimiento. Se dio vuelta y encontró a Wayne justo detrás de ella. Se había puesto sus gafas de sol al revés y se había peinado hacia arriba, lo que hacía que pareciera un científico loco de un libro de historietas de ciencia ficción. Tenía dos tubos de ensayo del juego de química de Maryellen, que sólo podía usar afuera por el olor a huevo podrido de los químicos. Wayne había rociado agua con su pistola en un tubo de ensayo y luego vertió el agua desde ese tubo de ensayo a otro, como si él fuera el Dr. Salk inventando la vacuna contra la polio. Dolida e indignada, Maryellen se dio cuenta de que Wayne había estado detrás de ella dramatizando todo el tiempo, simulando ser Jonas Salk y actuando todo lo que ella decía en su discurso.

Mientras Maryellen lo veía estupefacta, Wayne comenzó a disparar su pistola de agua hacia arriba para que el agua cayera como en una fuente mientras ella cantaba:

> *Vacúnate para no tener*
> *Po-li oh-li, oh!*

—¡Basta Wayne! —ordenó Maryellen. Pero su voz se perdió en los aplausos y aclamaciones de los otros niños.

—¡Wayne, eso fue muy divertido! —dijo Karen Stohlman— Deberías hacer eso mañana en el *show*.

—¡Sí! —dijo Karen King —¡Es muy gracioso! Al público le va a encantar.

—¡No! —explotó Maryellen— Ni siquiera quiero que Wayne venga al *show*, mucho menos que esté en él y que arruine mi acto burlándose de mí.

—Oh, vamos, Ellie —la alentó Ángela—
Wayne es divertido.

—Es mi espectáculo, mi acto, mi idea,
mi fiesta y mi cumpleaños —dijo Maryellen
furiosa— por lo tanto yo decido si Wayne
puede estar o no. Y yo digo que no puede. Y es
definitivo.

Todos hicieron un silencio total. Incluso
Wayne no tenía nada para decir. Una expresión
extraña cruzó su rostro mientras pasaba un tubo
de ensayo de una mano a la otra, y Maryellen se
dio cuenta de que había herido los sentimientos
de Wayne. "¡Bien! —pensó— Ahora sabe lo que
se siente".

—Escucha, Ellie, las personas no son títeres
—dijo Karen King— No puedes mandarnos y
obligarnos a hacer lo que tú quieres.

—Está bien —dijo Maryellen. Estaba harta—
Hagan lo que quieran. Y yo haré lo que yo quiera. Renuncio.

—Pero no puedes renunciar —dijo triste
Carolyn— Es tu fiesta.

—No podemos hacer el *show* sin ti— dijo

Davy.

Maryellen se encogió de hombros.

—Debieron pensar en eso antes —dijo— Ya es demasiado tarde.

Entró a casa caminando indignada y cerrando la puerta de un golpe.

El mundo
del espectáculo

sa noche cuando la familia Larkin se sentó a cenar, Carolyn y Beverly se apretaron en un rincón que estaba lo más lejos posible de Maryellen y no le hablaban ni la miraban. Tom y Mikey la veían de reojo como si tuvieran miedo de que todavía fuera la fiera amargada que había sido aquella tarde en el ensayo.

Maryellen sólo jugaba con su comida. Tan pronto terminó la cena, salió al jardín. Incluso a pesar de que mamá había armado mesas plegables en la sala, para que todos pudieran comer el postre frente al televisor, viendo El Llanero Solitario. Mientras escuchaba a sus hermanos gritar '¡Arre, Silver!', Maryellen se sintió tan solitaria como el Llanero.

Se alegró al ver que, después de un rato, papá y Scooter también salieron.

—Hola, compañera —le dijo papá— ¿Quieres ayudarme a mí y a Scooter a lavar el auto?

—¡Seguro! —dijo Maryellen. Le encantaba jugar con agua y jabón cuando lavaba el auto. Papá le entregó un balde y una esponja, y ella empezó a lavar la parte de atrás. Era la parte de la furgoneta que más le gustaba lavar, porque las luces parecían ojos gigantes, y los alerones parecían cejas plateadas y arqueadas.

—Creo que el ambiente en la cena de hoy estuvo algo tenso —dijo papá mientras desenredaba la manguera— ¿Qué está sucediendo?

—Tuve una gran pelea con todos hoy en el ensayo —dijo Maryellen— y renuncié al espectáculo. Como era para mi cumpleaños, no pueden hacerlo sin mí, así que se canceló todo.

—Hmm —dijo papá— Eso no suena nada bien. Supongo que eso significa que también se cancela tu fiesta de cumpleaños.

—Sí —dijo Maryellen con indignación— Es tan injusto. Es terrible. Me están dejando fuera de mi fiesta y nada de lo que pasó fue mi culpa. Wayne lo arruinó todo. Yo quería que el evento fuera acerca de la polio, que fuera algo serio e importante, y él simplemente se burló de eso —suspiró— De todos modos, supongo que fue una idea tonta. Esa idea de que mi espectáculo en realidad podía cambiar las cosas para bien.

Papá roció el auto con la manguera durante un minuto o dos y luego dijo:

—Tú espectáculo me recuerda a nuestro refugio antiaéreo, ¿sabes?

—¿Sí? —preguntó Maryellen. Retorció la esponja enjabonada para que el agua cayera y le refrescara los pies— ¿Por qué?

Los refugios antiaéreos eran lugares para que la gente se resguardara en caso de un ataque o bombardeo. En la escuela no había un refugio, entonces cuando hacían simulacros de ataques aéreos, los alumnos se sentaban debajo de sus pupitres o se agachaban en los pasillos con los brazos cruzados sobre la cabeza. Papá había hecho un refugio para la familia, que estaba debajo de la casa. A veces Maryellen y Beverly jugaban allí. A papá no le molestaba siempre y cuando no bebieran el agua, no se comieran la comida y no utilizaran las baterías de las linternas que él había puesto allí en caso de emergencia. Maryellen no podía ver cómo el refugio antiaéreo tenía alguna relación con su evento sobre la polio.

—Si una bomba atómica cayera sobre Daytona Beach, destruiría absolutamente todo —dijo papá dirigiendo la mirada hacia el refugio antiaéreo mientras estrujaba un trapo en el balde con agua— Nuestro refugio antiaéreo sería inútil, probablemente. Pero es lo único que puedo hacer para intentar protegernos. Es lo único que puedo hacer, así que vale la pena intentarlo. Y en cuanto a tu evento sobre la polio, también vale la pena el esfuerzo, Ellie, porque a pesar de que no sea mucho, es lo que puedes hacer. Hacer algo siempre es mejor que no hacer nada. Intentarlo siempre es mejor que rendirse, ¿no crees?

—¿Entonces tú piensas que no debo cancelar el espectáculo? —preguntó Maryellen— ¿Eso es lo que quieres decir?

—No exactamente —dijo papá, mientras seguía limpiando— Quiero preguntarte si la verdadera razón por la que cancelas el espectáculo es porque crees que no va a hacer ningún bien.

—Bueno, en parte lo estoy cancelando porque no es para nada lo que yo quería —dijo Maryellen— Escribí un guión, ¡y nadie lo apreció para nada! Ellos solamente querían presumir bailando, cantando y atrapando a Scooter. Yo tuve que ceder, ceder y ceder, y al final mi parte en el espectáculo no era nada.

—Ah, hirieron tu orgullo —dijo papá suavemente —¿El propósito del espectáculo era poder ser una gran estrella famosa?

—¡No! —dijo Maryellen. Luego aceptó apenada—: Bueno, yo quería que la gente me viera como alguien que podía marcar la diferencia en algo importante. Así que supongo que quería ser un poquito famosa. ¿Eso está mal?

—Para nada —dijo papá.

—El propósito del espectáculo era recaudar dinero para la Marcha de los Diez Centavos, y convencer a las personas de que se vacunaran —dijo Maryellen.

—Entiendo. Ese es un propósito que vale la pena —dijo papá.

Se dio vuelta, levantó la manguera y le dio a Scooter un baño. Eso le encantaba a Scooter.

Maryellen suspiró. En medio de la discusión y del alboroto, se había olvidado de que lo verdaderamente importante era luchar contra la polio.

—Creo que ahora ya es demasiado tarde para

volver a poner en marcha el *show* —dijo ella— Hice un gran alboroto. Probablemente ya nadie quiera hacer el espectáculo conmigo.

—Puede ser —dijo papá— No lo sabrás a menos que preguntes.

Maryellen vaciló y luego continuó desahogándose:

—Será tan humillante. Tendré que llamar a todos y disculparme, decir que estoy arrepentida por cancelar todo y pedirles que vengan mañana.

—¿Crees que puedes hacerlo? —preguntó papá.

Maryellen se encogió de hombros y movió la cabeza.

—No lo sé.

—Bueno, yo creo que puedes —dijo papá mojándola con la manguera para hacerla sonreír.

—Lo intentaré —dijo ella.

—Esa es mi niña —dijo papá— Ya sabes lo que dicen en el mundo del espectáculo: el espectáculo debe continuar. Buena suerte.

—Gracias —dijo Maryellen respirando profundo.

"No tengo nada que perder". Caminó hacia adentro como si tuviera bloques de cemento en sus pies en lugar de chanclas mojadas, temía disculparse con Carolyn y

Beverly. ¿Qué debía decir?

Pero resultó ser fácil. Tan pronto Maryellen dijo que lo sentía, sus hermanas la abrazaron y le dijeron que estaban emocionadas de que el espectáculo siguiera en marcha. Carolyn celebraba tocando 'Shake, rattle and roll' tan fuerte como podía en el piano, y Beverly bailaba sin control por toda la sala. Tom y Mikey ni siquiera habían entendido que el espectáculo se había cancelado, así que reaccionaron con serenidad. Todos parecían contentos de que Maryellen fuera nuevamente agradable y alegre como siempre.

Después Maryellen llamó a Karen Stohlman, que dejó escapar un grito agudo de alegría y la perdonó inmediatamente, e inmediatamente insistió en llamar a Ángela y a Karen King a contarles la buena noticia. Afortunadamente, nadie había quitado los carteles. Solamente faltaba hacer una cosa; disculparse con una persona más con la que esperaba contar. "En realidad —pensó tomando coraje— son dos".

Había pasado mucho, mucho tiempo desde la última vez que Maryellen había cruzado la cerca entre su casa y la de los Fenstermacher. Estaba nerviosa. A través de la ventana de su dormitorio, ella podía ver a

Davy pegando piezas de un modelo de avión a escala. Le reconfortaba ver que a Davy todavía le encantaban los aviones, como cuando eran mejores amigos.

"Probablemente Davy ni siquiera recuerde la señal secreta" —pensó Maryellen un poco triste. De todos modos, golpeó en su ventana: Toc, toctoctoc, toc, toc. Toc, toc.

Davy abrió la ventana de golpe.

—¿Qué hay de nuevo, viejo? —preguntó él, igual que en los viejos tiempos.

—Hola —dijo Maryellen— siento haber sido tan grosera esta tarde. Vamos a hacer el espectáculo mañana y espero que aún quieras participar. Así que, por favor ven. Es decir, sólo si quieres.

—De acuerdo —dijo Davy sin dudarlo.

Maryellen se sintió aliviada y llena de agradecimiento.

—Bien. Y... acerca de Wayne... —continuó ella— es algo fastidioso, pero todos creen que es un fastidio gracioso. ¿Crees que si lo llamo y le digo que lamento haber herido sus sentimientos, aceptará estar en el espectáculo?

—Inténtalo —dijo Davy con una sonrisa.

Maryellen también sonrió, un poco nerviosa

— ¿Sabes su número de teléfono?

—Sip —dijo Davy— Es 3746. Puedes recordarlo así: tres más siete es diez, le restas cuatro y es seis.

—O podrías decir ¡Tres! ¡Siete! ¡Cuatro! ¡Seis! ¿A quién queremos? —bromeó Maryellen. Y dijeron juntos:

—¡A Wayne!

—Seguro que sí —dijo Davy— Nos vemos al rato, lagarto.

—Esperaré con estilo, cocodrilo —respondió ella.

Mientras cruzaba nuevamente la cerca hacia su casa, se dio cuenta de que había sido la conversación más larga que había tenido con Davy desde aquella pelea a principio del año escolar. Era bueno saber que aunque Davy ya no fuera su mejor amigo, él no era su enemigo. Él estaba de su lado. En ese momento sintió que había recibido su primer regalo de cumpleaños, y era uno muy especial.

Maryellen fue directo hacia el teléfono y marcó 3-7-4-6. Respondió Wayne:

—¿Pizzería Philpott? ¿Quiere una porción de una pizza de zapatillas?

—Eh, no —dijo Maryellen, sabiendo que en

realidad la familia de Wayne no tenía una pizzería; su papá vendía refrigeradores— Escucha, Wayne, soy Ellie —dijo con prisa— Lamento lo que pasó hoy. Espero que estés en el espectáculo mañana. Y pues... espero que hagas el acto silencioso y divertido detrás de mí.

—Afirmativo —dijo Wayne con un gracioso acento— Oki doki. Hasta lueguito.

—De acuerdo, gracias —dijo Maryellen— Adiós.

—Nos vemos —dijo Wayne.

Y eso fue todo. Maryellen no estaba exactamente entusiasmada de que Wayne estuviera en su espectáculo, pero todos pensaban que él era gracioso, y al menos no decía nada durante la actuación, así que no podía ser tan malo. Al menos eso esperaba.

¿A quién queremos?

CAPÍTULO 4

Aunque Maryellen estaba agotada cuando se fue a la cama, no se podía dormir. En su cabeza había demasiadas ideas, preocupaciones y detalles de último momento que la punzaban como si fueran agujas.

"¡Agujas!"... Maryellen se levantó inmediatamente. Se le había olvidado el detalle más grande e importante de todos: ¡su vestido!

Mamá había asignado un rincón en la sala como su área de costura, para así poder ver la TV al mismo tiempo. Maryellen fue en puntitas hasta la sala, que en ese momento estaba oscura y silenciosa, y encendió una pequeña luz en la máquina de coser de mamá. Quería ver cuánto faltaba para que terminara su vestido.

De forma muy cautelosa, Maryellen tomó la tela. Ya se veía que era un vestido. "Quizá lo pueda terminar yo misma" —pensó. Al vestido le faltaba el dobladillo, la faja necesitaba un par de arreglos y el cuello todavía estaba al revés. No podía hacer nada con el cuello, pero si pegaba el dobladillo con cinta adhesiva y aseguraba con alfileres la faja, podría usar el vestido en el espectáculo. Si no se movía demasiado, no se desarmaría, y nadie se daría cuenta de que no estaba terminado.

Maryellen fue a la cocina a buscar la cinta. Cuando volvió a la sala, Joan estaba allí. Tenía su dedo entre las páginas del libro que leía, y estaba mirando de cerca el vestido de Maryellen, pasando su otra mano sobre la falda. Saltó cuando vio a Maryellen.

—¡Aaaah! —se sobresaltó Joan— Me asustaste. ¿Qué haces despierta? Espera, no me digas. Vas a terminar tu vestido de dama de honor, ¿con cinta?

—Sólo el dobladillo —dijo Maryellen rápidamente— es temporal, para poder usarlo en el *show* mañana. Mamá no tuvo tiempo de terminarlo, probablemente porque estuvo muy ocupada con todas las otras cosas de la boda.

—Oh —exclamó Joan— Mamá está dejando que mi boda se le salga de las manos. Me la paso diciéndole que Jerry y yo no queremos algo tan grande, pero ella no nos hace caso y se está volviendo loca al respecto. Ojalá pudiera decirle que se detenga.

—¿Quieres que me detenga? —preguntó mamá, apareciendo de repente por el vestíbulo.

Joan dejó su libro y corrió a abrazar a mamá.

—No del todo, por supuesto —dijo— Pero en las cosas que son muy difíciles o que son un dolor de cabeza para ti, sí.

Mamá sonrió aunque con algo de tristeza.

—Supongo que hacer los vestidos de las damas de honor es un dolor de cabeza —dijo— Mejor le paso ese trabajo a una costurera de verdad.

Mamá inclinaba su cabeza mientras miraba las tiras del vestido de Maryellen.

—¿Yo cosí ese cuello así? ¿o está al revés? Bueno, evidentemente no soy buena costurera.

—No hay problema, mamá —dijo Maryellen consolándola— Eres buena en muchas otras cosas.

Joan y mamá se rieron.

—Supongo que me dejé llevar por los pequeños detalles y perdí de vista lo que más importa —dijo mamá.

—Me pasó algo parecido con mi espectáculo, mamá

¿sabes? —dijo Maryellen— A veces es fácil olvidar la razón principal de algo, mientras nos enloquecemos con los detalles.

—¡Tu espectáculo! —gritó mamá— Oh, cariño ¿qué te vas a poner en tu espectáculo mañana si no puedes usar tu vestido de dama de honor?

—Voy a pensar en algo —dijo Maryellen, ocultando su decepción.

—¡Ya sé! —dijo Joan— ¿Qué te parece mi vestido rosa de la graduación? Te va a quedar un poco grande, pero lo podemos entallar con alfileres, o... con cinta —dijo sonriéndole a Maryellen— Fue mi primer vestido de fiesta. ¿Se acuerdan?

—Claro que me acuerdo —dijo Maryellen.

Se sintió un poquito triste. Aunque el vestido rosa era lindo, no le pertenecía. Pero dijo sonriendo:

—Gracias, Joan. Me encantaría usarlo.

—Problema resuelto —dijo mamá, colgando el vestido sin terminar en un gancho— Ahora, ¿podemos irnos todas a dormir? Mañana va a ser un gran día. Las niñas que cumplen años necesitan tener un sueño reparador, especialmente si prepararon un espectáculo.

Mamá apagó la pequeña luz de la máquina de coser

y la sala volvió a la oscuridad y al silencio de nuevo.
Mientras Joan y Maryellen caminaban por el vestíbulo
hacia su habitación, Joan dijo en voz suave:

—Mañana te verás bellísima en ese vestido rosa
Elliiiiie. Espera y verás.

Maryellen dio un vistazo entre las dos sábanas que
servían de telón para ocultar el "camerino", que en
realidad era la cochera. Miró hacia adonde estaba la
gente, que se había reunido en la entrada. Un muy buen
número de personas habían venido a ver el espectáculo.
La Sra. Stohlman, la Sra. King y la Sra. Fenstermacher
se sentaron en las sillas de playa en la fila del fondo, y
se reían y hablaban con la madre y la abuela de Ángela.
Los padres de Wayne, el Sr. y la Sra. Philpott, también
habían venido. El Sr. Philpott tenía una filmadora
marca Kodac, y estaba parado al final de la entrada,
filmando a la gente mientras dejaban monedas en una
lata de café vacía, para pagar la entrada. Había un joven
desgarbado sentado junto a Joan y a Jerry, a quien
Maryellen no reconoció al principio. Luego, se dio
cuenta de que era Douglas Newswander, el chico que

bailó con Carolyn. Las familias del vecindario habían venido, así como ocho de las Niñas Exploradoras del grupo de Maryellen y seis niños de la escuela. Scooter parecía el maestro de ceremonias paseando con mucha gracia entre las personas, dejando que le acariciaran la cabeza, mientras él babeaba en los pies de todos.

—¡Scooter! —susurró Maryellen desde bastidores— ¡Ven!

Pero Scooter se había puesto cómodo en medio del escenario y se negó a moverse. Maryellen no tuvo más elección que esquivar a Scooter cuando salió al escenario para decir:

—Bienvenidos a nuestro *show* —luego tuvo que volver a esquivarlo cuando se metió detrás del telón nuevamente.

Como era de esperarse, Scooter se fue cuando Ángela y Karen King entraron vestidas con faldas de *poodle* para cantar '¿Cuánto cuesta ese perrito que está en la ventana?' Así que después de todo, Maryellen tuvo que ser el perro con la cola inquieta, moviendo la cuerda de Davy. De hecho, fue una gran ayuda que ella estuviera en el escenario, porque Ángela y Karen King no se sabían toda la letra, así que Maryellen cantó lo

más alto que pudo cuando llegó la parte que no sabían.
La audiencia aplaudió y silbó, y Ángela y Karen sonreían y saludaban con cortesía al público, mientras
Maryellen se iba corriendo detrás de escena, le dio a
Davy su cuerda y luego volvió al escenario para que
Davy pudiera enlazarla. La audiencia lo animaba cada
vez que Davy hacía que la cuerda se moviera rápidamente sobre su cabeza y luego diera vueltas a
alrededor de Maryellen.

El acto de títeres de Tom y Mikey era el siguiente.
Se suponía que los pequeños debían agacharse detrás
de una caja y mover sus títeres mientras Maryellen
contaba una historia. Pero Mikey se levantó y saludó
al público con la mano que tenía el títere. Todos se
rieron y aplaudieron tanto, que Tom también se levantó
y saludó con su marioneta. Entonces Maryellen dejó
de contar la historia y dejó que los niños sonrieran y
saludaran hasta que Carolyn comenzó a tocar la música
para el *ballet* de Karen Stohlman y Beverly. La música
era agradable y sonaba a gran volumen, a pesar de que
el piano estaba dentro de la casa. Maryellen se mantuvo quieta como estatua mientras Karen y Beverly
revoloteaban a su alrededor y se inclinaban sobre ella

para tener apoyo. Luego saltaron hacia afuera del escenario con sus tutús agitándose majestuosamente.

Después la audiencia se levantó y aplaudió al ritmo de 'Shake, rattle and roll'; la canción que tocó Carolyn. Al final Douglas Newswander gritó:

—¡Otra! —entonces Carolyn tocó otra canción.

Esta vez, todo el público cantó. Carolyn se sabía esa canción de memoria, por lo que no necesitaba que Maryellen le diera vuelta a las páginas. Eso le dio el tiempo perfecto a Maryellen para ir a cambiarse.

Llegó corriendo a su dormitorio y frenó en seco. No podía creer lo que veía en la puerta de su armario. No era el vestido rosa, era su hermoso vestido verde de dama de honor. ¡Terminado! ¡Perfecto! El dobladillo estaba hecho, la faja estaba sujetada y el cuello estaba al derecho. Había una nota enganchada al vestido con un alfiler.

Querida Ellie,
Una niña encantadora, en un espectáculo encantador, merece su propio vestido encantador.
Con amor,
Sra. Fenstermacher

El corazón de Maryellen estaba lleno de dicha
y gratitud. Mientras se deslizaba dentro del vestido pensó: "seguramente mamá le pidió a la Sra.
Fenstermacher que lo terminara en la mañana, mientras
el resto de nosotros estábamos acomodando todo para
el espectáculo" Se miró rápidamente en el espejo, ¡oh, el
vestido era encantador!, y luego volvió corriendo al escenario. ¡Todo estaba pasando tan rápido! Era momento de
su discurso sobre Jonas Salk, ya casi terminaba el *show*.

Cuando salió al escenario tomando con gracia el
dobladillo de su vestido, la audiencia quedó sin aliento
al admirar el elegante vestido verde. Maryellen le
sonrió especialmente a la Sra. Fenstermacher, quien le
devolvió el saludo.

¡Fiuu Fiuuu! Silbó papá.

Maryellen se ruborizó. Luego intentó comenzar con
su discurso, pero la voz le salió algo chillona.

—La lucha —dijo en una voz alta y quebradiza.
Intentó de nuevo— La lucha... —tragó saliva— Eh...

—¡Polio!—Karen King susurró tras bastidores—
Tienes que decir 'La lucha contra la polio'.

Maryellen sabía lo que tenía que decir, pero de
alguna manera, no podía. De hecho, parecía no poder

decir nada. Su boca estaba seca. Sus piernas temblaban como gelatina. Su mente estaba en blanco. Y su corazón estaba latiendo de forma salvaje. Deseaba que Davy la enlazara y la sacara del escenario. ¿Qué era lo que le pasaba? Debería tener confianza en sí misma. ¿Acaso no estaba usando el vestido más hermoso? Y conocía a todas las personas del público, por el amor de Dios. Todos eran amigos y familiares. Y aun así, cuando veía que todos la estaban observando y esperaban que hablara, no podía mover un músculo. El único sonido era el odioso zumbido de la cámara filmadora del Sr. Philpott. De repente Maryellen estaba sumergida en un tremendo pánico escénico, era como una pesadilla.

Sintió que habían pasado horas, temblando en agonía, sin ser capaz de hablar, moverse, o siquiera respirar, cuando de repente Wayne asomó su cabeza detrás del telón. Nunca, ni en un millón de años, Maryellen hubiera pensado que estaría contenta de ver a Wayne, pero ahora definitivamente lo estaba. Lucía tan gracioso con sus lentes al revés y su cabello puntiagudo saliendo por toda su cabeza, que el público se reía mucho.

Se rieron aun más cuando fingió enredar su pie

en el telón, mientras salía al escenario.

—Hola —Le dijo Wayne a Maryellen— ¿Sabes quién soy?— Ella sólo podía mirarlo con los ojos bien abiertos, como si nunca lo hubiera visto en la vida. Wayne continuó hablando y dando la información que Maryellen debía decir, pero no podía.

—Soy el Dr. Jonas Salk, ese soy yo. ¿Y sabes lo que inventé? —Dijo Wayne. Maryellen abrió la boca, pero no salió nada— Inventé una vacuna contra la polio —dio vuelta para quedar frente al público— Todos ustedes saben que la polio es una enfermedad muy, muy terrible —continuó— lastima a millones de personas, pero en especial a los niños; se ponen tan enfermos que en ocasiones no pueden volver a caminar. Pero al fin, después de muchos años de investigación, descubrí una vacuna segura para protegerlos de la polio. Así que... —Wayne abrió sus brazos y cantó:

Vacúnate para no tener
Po-li, oh-li, oh!

Luego dijo:
—¡Vamos todos! ¡Todos juntos ahora!

Todos los miembros del elenco se abarrotaron hacia el escenario. Wayne movía sus brazos como si estuviera dirigiendo una orquesta, y dirigía al elenco y a la audiencia en el canto.

Vacúnate para no tener
Po-li, oh-li, oh!

El público se puso de pie y aplaudió. Scooter aullaba. Wayne hizo reverencias exageradas y luego se paró en puntitas, moviendo sus manos una con la otra sobre su cabeza como un boxeador victorioso, lo que hacía que el público riera y aplaudiera cada vez más.

Maryellen logró sonreírle a Wayne. Era una sonrisa débil y llena de lágrimas, pero era modesta y sincera.

Wayne jovialmente le dio unos golpecitos en la espalda y luego hizo una reverencia para que el público lo siguiera aplaudiendo.

Después del espectáculo, mamá sirvió el pastel de cumpleaños y limonada. Papá sorprendió a todos pidiéndole al señor de los helados que estacionara su camioneta en la entrada de los Larkin, para poder comprar helado para todos. Maryellen, que ya se había cambiado de vestido, estaba sentada a la sombra comiendo pastel con Karen, Ángela y Davy, cuando llegó Karen Stohlman.

—Dios —dijo Karen Stohlman— ¿Qué fue lo que te pasó Ellie? — La boca de Karen estaba llena de chocolate, y afortunadamente, se había cambiado y no estaba usando su tutú porque se había manchado los pantalones con su paleta— Estabas parada en el escenario como una momia.

Maryellen se encogió de hombros, recordando.

—Pánico escénico, supongo —dijo.

—¡Pobre de ti! —dijo Ángela— Pensé que te ibas a desmayar.

—Bueno, Wayne llegó al rescate —dijo Karen Stohlman.

—Wayne salvó el espectáculo —dijo Karen King.

—Sí —dijo Maryellen— Nunca pensé que iba a decir esto pero, ¡gracias a Dios que estaba Wayne!

Davy sonrió y cantó:

—¡Tres, siete, cuatro, seis! ¿A quién queremos? —Y los cinco dijeron:

* ¿A quién queremos? *

—¡A Wayne!

—Por cierto, ¿dónde está Wayne? —preguntó Maryellen.

Davy señaló el escenario. Allí estaba Wayne. Tenía el tutú de Beverly en su cabeza y el de Karen Stohlman alrededor de la cintura sobre sus pantalones, y estaba imitando *ballet* que habían hecho mientras su padre lo filmaba.

El desfile

lin, clin. Las monedas de diez centavos hacían un alegre sonido tintineante mientras Maryellen las dejaba caer de la lata de café a la mesa de la cocina. Todos se habían ido a casa y los Larkin estaban sentados, en la noche del sábado, mientras Maryellen contaba el dinero que había recaudado el *show*.

—¡Cuánta gente vino hoy! —dijo Beverly mientras Maryellen sumaba las monedas.

—¡Apuesto a que ganamos más de "veintionce" dólares! —dijo Tom.

Maryellen sonrió.

—No tanto —dijo— Ganamos tres dólares con veinte centavos.

—¡Bravo! —dijeron papá y Joan.

—Esa es una suma respetable —dijo Carolyn— Debes estar orgullosa, Ellie.

✳ El desfile ✳

—Estoy de acuerdo —dijo mamá— te voy a dar tres dólares en billetes a cambio de treinta de tus monedas, cariño. Y también voy a contribuir con un sobre y con el dinero que necesitarás para la estampilla. Debes llevar el sobre a la oficina postal para que lo pesen. Podría tener un costo extra porque van dos monedas en él.

—Eso será grandioso, mamá —dijo Maryellen— Tres dólares y veinte centavos no es una fortuna, pero es algo, y... 'algo' siempre es mejor que nada —dijo sonriéndole a papá.

—Así es —dijo papá.

Maryellen se sintió responsable y madura mientras sujetaba con un clip los tres dólares a un pedazo de papel y pegaba con cinta las dos monedas debajo del mismo. Luego escribió:

Sres. Marcha de los Diez Centavos,

¡Mis amigos y yo estamos muy contentos de que el Dr. Salk haya descubierto una vacuna contra la polio! Aquí hay algo de dinero para comprar vacunas para la gente, especialmente para los niños.

Sinceramente,

Maryellen Larkin

Luego escribió la dirección de las oficinas locales de la Marcha de los Diez Centavos en Daytona Beach en el sobre, y ya estuvo listo para ser enviado. Como al día siguiente era domingo y la oficina postal estaría cerrada, ella enviaría el dinero el lunes.

El lunes, Maryellen volvió rápido de la escuela. Mamá estaba haciendo algo de comer para Tom y Mikey, así que aprovechó para comer algo. Beverly y Carolyn recién habían llegado cuando sonó el teléfono.

—Ellie, es para ti —dijo Carolyn, sosteniendo el teléfono—Es un señor.

Maryellen tomó el teléfono.

—¿Hola?

—Hola Maryellen, habla el Dr. Oser —dijo el hombre— Hoy vinieron cinco niños a mi consultorio para vacunarse contra la polio. Sus madres dijeron que los niños habían visto un espectáculo tuyo y que por eso decidieron vacunarse. ¡Así que estoy llamando para agradecerte!

—Por nada —tartamudeó Maryellen un poco tímida.

—Uno de los niños trajo un cartel —continuó el Dr.
Oser— Era uno de los carteles que hiciste para anunciar tu espectáculo. Me preguntaba si querrías hacer
otro cartel sobre la vacunación, para que pueda colgarlo
en mi consultorio.

—¿Yo? ¿Usted quiere un cartel hecho por mí? —dijo
Maryellen emocionada.

—Sí, de verdad —dijo el Dr. Oser— Tráelo a mi
consultorio en el Edificio Médico de la calle Drayton
cuando esté listo. Me encantará conocerte.

—¡Claro, está bien, seguro! —respondió ella.

—Muy bien —dijo el Dr. Oser— Y gracias,
Maryellen. Hiciste algo muy importante al alentar a
esos niños para que se vacunaran. Hasta pronto.

—Hasta pronto —dijo Maryellen.

—¿Quién era? —preguntó mamá.

—Era un doctor, y dijo que cinco niños se fueron a
vacunar hoy porque vieron nuestro espectáculo —dijo
orgullosa Maryellen, saltando sobre las puntas de
sus pies— Y quiere que haga otro cartel contra la
polio para su consultorio.

—¡Cielos! —exclamó Carolyn.

—¡Ellie! —gritó Beverly— ¡Eres famosa!

Mamá abrazó a Maryellen.

—Eso es maravilloso, cariño. ¡Papá y yo estamos muy orgullosos de ti! Ahora ve a la oficina postal para enviar el dinero —dijo mamá.

—Voy contigo —dijo Carolyn.

—¡Yo también quiero ir! —dijo Beverly.

Por supuesto, Tom y Mikey querían ir, y eso significaba que Scooter también, así que casi una multitud se juntó detrás de Maryellen mientras entregaba el sobre a una mujer en el correo.

—Disculpe, ¿puedo comprar una estampilla para esto? —Maryellen preguntó de forma educada.

—Seguro, cariño —dijo la mujer detrás del mostrador. Ella miró la dirección—A la Marcha de los Diez Centavos, ¿verdad?

—¡Es dinero! —Beverly dijo de repente— Y lo ganamos nosotros mismos. Hicimos un espectáculo con las Karens y Ángela y Davy y Wayne. Yo bailé y Carolyn tocó rock 'n' roll en el piano y...

—¡Y nosotros hicimos títeres! —interrumpió Tom, señalándose a él y a Mikey.

—Wow, no me digas —dijo sonriendo la mujer.

—Fue todo idea de Ellie —siguió parloteando

Beverly, contando eventos sin ningún orden en particular— Ella escribió un guión pero a nadie le gustó, así que ayudó al resto en todos los otros actos. Era su fiesta de cumpleaños. Tiene diez ahora. Y hoy un doctor llamó a casa y dijo que unos niños se vacunaron contra la polio gracias a su espectáculo, y él quiere que ella le haga un cartel para poner en su consultorio.

—¡Caramba! —dijo la mujer— Esa es una contribución impactante para nuestra comunidad. No cualquier niño diez años haría eso en su cumpleaños. Debes estar muy orgullosa de ti misma, señorita... —miró al sobre en su mano— Maryellen Larkin.

—Gracias —dijo Maryellen ruborizándose.

—No, gracias a ti, Maryellen —dijo la mujer— Será un honor enviar esta carta por ti.

Unos días después, el teléfono sonó.

—¡Yo contesto! —gritó Carolyn. Siempre corría a atender el teléfono por esos días. Casi siempre era Douglas Newswander llamándola. Pero aparentemente, esta vez no era él.

—¡Ellie! —Carolyn la llamó— ¡Al teléfono!

Maryellen pensó que sería el Dr. Oser, por lo que se sorprendió al escuchar una voz aguda y aflautada.

—Hola. ¿Estoy hablando con la señorita Maryellen Larkin?

—Eh, sí... —Maryellen titubeó. Luego resopló— Te descubrí Wayne. Muy gracioso —Estaba segura de que era Wayne haciéndole una broma con una de sus tantas voces. ¿Pero por qué Wayne la iba a llamar?

—Disculpe —dijo la voz, cada vez más aguda y aflautada— Soy Betty Plotnick, la secretaria del alcalde de Daytona Beach. ¿Estoy hablando con la señorita Maryellen Larkin?

—Basta ya, Wayne —dijo Maryellen—Deja de hacerte el tonto. Sé que eres tú.

—No, soy Bet-ty Plot-nick —dijo la voz, pronunciando lentamente las palabras, como si estuviera hablando con alguien que no estaba muy bien de la cabeza— Necesito hablar con Ma-ry-e-llen Lar-kin, por favor.

De repente, a Maryellen se le pasó por la cabeza que quizás no era Wayne quien llamaba después de todo.

—¡Oh, lo siento! —balbuceó, deseando que la tragara la tierra— Soy Maryellen.

—¡Bien! —dijo la mujer— Al alcalde de Daytona Beach le gustaría invitarte a pasear en su convertible durante el desfile del Día de la Memoria.

—¿Invitarme a qué? —dijo Maryellen casi sin aliento— Es decir, gracias, ¡me encantaría! Pero ¿por qué?

—Como reconocimiento por tu apoyo a la Marcha de los Diez Centavos —dijo Betty Plotnick— La oficina del alcalde recibió tres cartas sobre ti: una de parte del Dr. Ron Oser, una de parte de la Srta. Evelyn Danziger de la Oficina de Correo de EE. UU. y otra del Sr. David Fenstermacher, quien escribió a la Marcha de los Diez Centavos, y ellos nos enviaron su carta a nosotros.

—¿Davy escribió una carta? —preguntó Maryellen.

Betty Plotnick continuó:

—El alcalde está impresionado por tu sentido de responsabilidad y el buen ejemplo que das a la gente joven de nuestra ciudad. Por favor ven a la Alcaldía a las ocho de la mañana del Día de la Memoria. ¡Hasta pronto!

✳

¡Bom! golpearon los tambores. ¡Turu-tutú-tutú!
sonaron las trompetas. ¡Flap flap flap! se agitaban las
banderas con la cálida brisa de la mañana del Día de la
Memoria.

—¡Hurra! —gritaba la multitud en la calle mientras
Maryellen los saludaba desde el convertible del alcalde.

Era fácil no tener pánico escénico en el desfile,
porque no tenía que decir nada. Incluso cuando el
reportero del diario la había entrevistado antes del
desfile, lo único que había tenido que decir era su
nombre. El alcalde contó el resto de la historia sobre
su espectáculo. Luego el reportero tomó una foto de
Maryellen y del alcalde sentados en el convertible.
A los costados del convertible, había carteles que
decían:

Maryellen Larkin
¡La recaudadora de fondos para la Marcha de los Diez
Centavos más joven de Daytona Beach!

Mientras avanzaba el desfile, Maryellen podía ver
adelante el destello plateado de las batutas y el destello
dorado de los platillos, mientras la banda de la escuela

secundaria dirigía el camino al frente. Globos coloridos flotaban en el aire y la gente arrojaba papel picado y pétalos de rosa, que aterrizaban suavemente sobre sus hombros y sobre su falda. Había una banda de gaiteros que usaban faldas escocesas, un equipo de bastoneras a caballo, una flota de camiones de bomberos, carrozas decoradas con flores de papel crepé, un hombre vestido como del Tío Sam en zancos, y payasos montados sobre triciclos diminutos. ¡Era un desfile espectacular!

Maryellen sonrió y saludó mientras pasaba por el palco de honor, que estaba adornado con banderines rojos, blancos y azules. Sentados en el palco de honor, había personas destacadas y veteranos de la Primera y Segunda Guerra Mundial y de la Guerra de Corea.

La sonrisa de Maryellen se hacía cada vez más grande, saludaba cada vez con más entusiasmo y su corazón se llenó de felicidad cuando vio a su propia familia alineada a lo largo de la calle. Mikey estaba sobre los hombros de papá, mamá alzaba a Tom para que pudiera ver, y Joan, Jerry, Carolyn, Douglas y Beverly estaban parados en fila. Hasta Scooter estaba sentado en el borde de la acera, luciendo alerta y alegre, de forma inusual para él. Las Karens y Ángela estaban

allí también, y Davy y Wayne, todos moviendo enérgicamente banderitas estadounidenses.

—¡Hurra, Ellie! —gritaron— ¡Hurra, hurra, hurra!

Maryellen giró para poder saludarlos incluso
después de que el coche los había pasado. Podía
escucharlos festejando, todavía después de que el auto
había doblado en la esquina y ya no podían verla.
Maryellen se sentó derecha, saludó a la multitud, y
pensó que no podría haber una niña de diez años más
feliz que ella en todo el mundo.

Una estrella

bsolutamente genial. Así es como se siente ser famosa. Maryellen siempre se lo había preguntado y ahora lo sabía. Desde que el diario publicó su foto durante el desfile del Día de la Memoria, acompañando al alcalde de Daytona Beach en un convertible, todos la reconocían.

—Dios, Ellie —dijo Karen King muy efusiva— Eres una estrella.

—Eres la niña más famosa de todo Daytona Beach —agregó Ángela.

—Y nosotras somos tus mejores amigas —dijo Karen Stohlman con orgullo.

Maryellen se ruborizó y sonrió ante los cumplidos de sus amigas. Pero sabía que esos cumplidos eran ciertos. Maryellen, las dos Karens y Ángela estaban en el patio jugando rayuela antes de ir a la escuela, y un pequeño grupo de admiradores, se quedaron viéndola. Aplaudían cuando ella lanzaba el marcador correctamente o completaba su turno sin pisar en las líneas de gis. El aplauso la hacía sentir como una estrella de cine, aunque poco a poco se iba acostumbrando. Siempre que ella andaba por los pasillos de la escuela, niños que ella ni siquiera conocía, hasta los de sexto grado, la saludaban. Los niños más tímidos sólo le sonreían. Los pequeños la miraban y se empujaban los unos a los otros mientras ella pasaba, y susurraban:

—Esa es Maryellen Larkin, la que estaba en el desfile. Su foto salió en el diario.

Se sentía genial ser famosa. Sabía que se iba a sentir mal cuando eso terminara. Y terminaría pronto porque era el último día de clases.

Aunque Maryellen amaba ir a la escuela, la idea de tener todo el verano por delante era emocionante. En el verano hacía todo lo que le gustaba: leer, nadar, jugar a las escondidas a oscuras, hacer *picnics*, correr por los aspersores, observar luciérnagas y comer paletas. Era lo mejor. Al menos solía serlo. Este año había algo diferente.

—El último día de clases —dijo Maryellen— es uno de mis favoritos del año junto con mi cumpleaños y con

Navidad. Pero hoy me siento un poco triste de que sea el último día de clases.

—Vas a extrañar toda la atención —dijo Karen King.

Maryellen asintió. Como siempre, Karen King tenía razón. ¡Era satisfactorio ser admirada y envidiada! Maryellen estaba muy pensativa, como si sus pies estuvieran a quince centímetros del suelo, ¡aun cuando no estaba jugando rayuela!

En ese momento, sonó la campana para entrar. Maryellen puso el marcador en su bolsillo y tomó su regalo para la Sra. Humphrey. Todos los años, Maryellen le hacía un regalo a su profesora el último día de escuela. Este año había hecho galletas con la forma de estrellas de mar y una tarjeta con una foto del océano. Había escrito en la tarjeta:

Para la Sra. Humphrey,
Usted es una profesora genial.
Con cariño,
Maryellen Larkin

La letra en cursiva de Maryellen todavía era imperfecta. La 'a' estaba demasiado cerca de la segunda palabra y muy separada de la 'r', entonces parecía que dijera 'Par ala Sra. Humphrey'. Además las patas de algunas galletas de estrella de mar se habían partido, pero mamá le había dicho que eso también les pasa a las estrella de mar reales, y que las galletas tendrían un buen sabor de todas maneras, por lo tanto Maryellen se sintió muy feliz al colocar el plato de papel de forma cuidadosa sobre el escritorio de la Sra. Humphrey, junto a los otros regalos. El regalo de Karen Stohlman era un muy llamativo regalo comprado en una tienda, que venía en una caja rectangular envuelta en papel de regalo y atada con lazos rizados. Wayne colocó su regalo, que era una concha de mar, sobre el regalo de Karen. La concha de mar todavía estaba bastante húmeda y arenosa y estaba comenzando a oler mal. Maryellen pensó que su regalo no era ni el mejor, ni el peor entre esos dos. Estaba en la mitad.

—Gracias por sus regalos, niños y niñas —decía la Sra. Humphrey, una y otra vez— Siéntense por favor.

Pero era como intentar calmar a una tropa de caballos salvajes; los estudiantes estaban muy emocionados por ser el último día de clases. Apenas podían contener su euforia. Wayne se paró sobre su silla y cantó:

> *¡No más lápices,*
> *ni tarea,*
> *no mas regaños*
> *de la maestra!*

—¡Ay Wayne! —suspiró la Sra. Humphrey— ¡Cómo te voy a extrañar!

Todos rieron. Ellos sabían que la Sra. Humphrey quería decir exactamente lo contrario de lo que había dicho.

La Sra. Humphrey estaba claramente feliz al entregar el curso al Sr. Carey, el director, y al Sr. Hagopian, uno de los profesores del quinto grado, cuando entraron al salón luego del Juramento a la Bandera.

Todos estaban precavidos del Sr. Carey porque él llamaba a los padres cuando un niño se metía en problemas. Se callaron todos y hasta Wayne se quedó quieto cuando el Sr. Carey dijo:

—Niños y niñas, préstenle atención al Sr. Hagopian.

El Sr. Hagopian dio un paso hacia adelante. La parte superior de su calva relucía rosa y brillante, así como sus mejillas y nariz.

—Como el año que viene van a estar en quinto grado, tienen la posibilidad de ser parte del Club de Ciencias —anunció— Espero que se unan, porque el distrito escolar de Daytona Beach está patrocinando un concurso de ciencias. Los estudiantes pueden hacer equipos hoy, y luego reunirse durante el verano para realizar proyectos. Durante el otoño, los proyectos serán revisados por un jurado y se elegirán los ganadores. Nuestra escuela organiza el concurso, por lo tanto, queremos una gran concurrencia.

—¡Van a tener que mantener sus cerebros despiertos durante el verano! —agregó el Sr. Carey— ¡No pueden permitir que esos niños comunistas de Rusia se les adelanten!

Maryellen y sus compañeros no estaban muy sorprendidos por ese comentario. Ya estaban acostumbrados a que les dijeran que tenían que competir contra los comunistas. Pero se impresionaron cuando el Sr. Hagopian dijo:

—Los estudiantes que concursen, deben inventar

una máquina voladora.

—Ohhh —murmuraron todos los estudiantes, como si una corriente eléctrica de entusiasmo hubiera atravesado la clase.

Recientemente, se había lanzado un cohete hacia el espacio desde el Cabo Cañaveral, que estaba cerca de Daytona Beach, así que prácticamente todos estaban fascinados con el tema de los cohetes.

Wayne se puso de pie, desordenó su cabello y se puso sus gafas al revés, fingiendo ser un científico inventor loco, justo como lo había hecho durante el espectáculo de Maryellen.

—¡Voy a ganar! —dijo, con un acento falso. Todos rieron hasta que el Sr. Carey, que ya conocía a Wayne, lo miró fulminantemente. Wayne se sentó de nuevo.

El Sr. Hagopian continuó:

—Todos los alumnos interesados están invitados a reunirse en mi salón hoy después del almuerzo.

Maryellen, rebotó de su asiento. Deseaba que pasara rápido el almuerzo, ¡se sentía muy entusiasmada con el concurso!

Un avión de papel aterrizó sobre su pupitre, haciendo un sonido por el aire. Maryellen sabía que era de Davy.

Se dio vuelta y le sonrió. Davy siempre había estado interesado en los aviones y en las cosas que vuelan, y a Maryellen le apasionaban las cosas que desafiaran su imaginación. Sin decir una palabra, ambos sabían que trabajarían juntos en el concurso.

Pero durante el almuerzo, las amigas de Maryellen no compartieron el mismo entusiasmo, cuando anunció:

—¡Estoy tan emocionada respecto por el Concurso de Ciencias!

—¿Por qué rayos quieres hacer un proyecto de ciencias extra, de entre todas las cosas que hay para hacer? —preguntó Karen King— ¡Eso es tarea durante el verano!

—Yo entraría al concurso —dijo Karen Stohlman— Las otras tres niñas se miraron. Sabían que a Karen Stohlman le gustaba imitar a Maryellen— Pero con el campamento de Niñas Exploradoras, las lecciones de natación y el *ballet* —continuó— voy a estar muy ocupada.

—El concurso suena divertido —dijo Ángela— pero me voy a Italia a visitar a unos familiares, entonces no puedo reunirme con el equipo durante el verano.

Aunque tal vez me una al club en el otoño.

—¡Yo no! —dijo Karen King— Y ten cuidado Ellie —advirtió— Quizá no conozcas a nadie en el club. Es muy probable que los únicos que se reúnan hoy sean niños más grandes.

—Te apuesto a que es así —dijo Karen Stohlman— Y serán de la clase de niños que leen historietas de ciencia ficción.

El entusiasmo de Maryellen vaciló por un momento. Ella entendió que las Karens en realidad le estaban advirtiendo que si se unía al Club de Ciencias, sería considerada como una niña rara. La mayoría de los niños pensaban que era raro que a una niña le gustara la ciencia.

En ese momento, Davy golpeó suavemente su hombro.

—¡Vamos! —le dijo— Él parecía tan entusiasmado que las dudas de Maryellen se esfumaron.

—¡Nos vemos más tarde! —le dijo a las Karens y a Ángela. Mientras salía de la mesa del almuerzo para seguir a Davy, su entusiasmo sólo disminuía al ver que Wayne, con su gorrito de helicóptero, estaba pegado a Davy como siempre.

Maryellen sintió un poco de vergüenza al entrar al salón del Sr. Hagopian con Wayne, que hacía girar la hélice de su gorrita, porque inmediatamente vio que las Karens tenían razón: la mayoría de los interesados eran niños que iban a estar en sexto grado durante el otoño siguiente. Solamente había dos niñas allí. A una no la conocía para nada, y a la otra apenas la reconocía porque tomaba clases de piano en el mismo lugar que Carolyn.

Mientras Maryellen tomaba asiento, escuchó el murmullo al que ya se estaba acostumbrando '¡Esa es Maryellen Larkin!'. Se sentó derecha, un poco tímida, pero con más ánimo.

—Cálmense, niños —dijo el Sr. Hagopian —Hoy los voy a dividir en grupos. Su tarea en esta primera reunión es pensar muchas ideas, durante el verano van a trabajar sobre ellas. Su equipo elegirá la mejor y construirán la máquina voladora tan pronto comience el otoño, y luego estarán listos para el concurso. ¿Alguna pregunta?

Un niño grande dijo:

—¿Es verdad que los ganadores del concurso serán entrevistados en la televisión?

La parte calva de la cabeza del Sr. Hagopian se puso un poco más rosada y brillante, y dijo:

—¡Sí!

Bueno, pensó Maryellen, ¡con eso basta! Ahora estaba más entusiasmada que nunca. Desde que tenía memoria había soñado con aparecer en la televisión. Y no podía evitar pensar que si aparecía en televisión como una estrella de la ciencia, su fama nunca se desvanecería.

El Sr. Hagopian dividió a los niños en equipos usando el simple método de partir el salón en mitades. Maryellen era la única niña en un equipo con Davy, Wayne y otros cuatro niños mayores.

Un niño grande, llamado Skip, tomó el control de forma inmediata.

—Está bien, muchachos —dijo mirando solamente a los niños de su edad —como si Maryellen, Davy y Wayne fueran invisibles— Yo estuve en el Club del Cohete. Por lo tanto, déjenme ahorrar tiempo y establezcamos que soy el capitán de nuestro equipo. Nos llamaremos los Lanzadores de Sexto Grado.

—Espera un segundo —Maryellen protestó amablemente— ¿No tenemos que votar o algo por el estilo?

Miró a su alrededor, pero sólo Davy parecía compartir
su indignación por el estilo dictatorial de Skip.

Skip miró a Maryellen.

—Ustedes tomen nota —dijo pasándole un trozo de
papel —Escribe aquí.

—¿Notas? Pero, ¿por qué? —Maryellen tartamudeó
al ser tomada por sorpresa. Ya era suficientemente malo
que Skip la desestimara amontonándola junto a Davy
y a Wayne, como 'los estudiantes que aún iban a cuarto
grado'. Pero al dejarla en el papel secundario de secretaria,
Skip parecía decir que ella no era un miembro igualitario
del equipo, sino alguien que sólo estaba allí para tomar
notas de las ideas de otras personas— ¿Por qué tengo que
tomar las notas?

—Eres la niña —dijo Skip, como si la conexión entre
ser una niña y ser una secretaria fuera obvia.

—Ya sé que soy niña, pero eso no significa que...
—Maryellen comenzó a hablar, pero los Lanzadores
de Sexto Grado ya habían comenzado una ruidosa
conversación sobre las ideas para hacer una máquina
voladora.

Mientras los niños hablaban por encima de su voz,
ya que no la dejaban hablar, Maryellen se puso a leer el

papel que Skip le había dado.. En la parte superior decía
'Reglas del concurso'. Parecía importante. Comenzó a leer
y mientras lo hacía, vio una regla en particular, que pensó
que el resto de su equipo necesitaba saber.

—¡Hey, niños! —dijo —Deben... —pero nadie la
escuchaba, así que se dio por vencida.

A Maryellen le encantaba dibujar, entonces mientras
escuchaba las ideas que se les ocurrían a los niños, hacía
bocetos de lo que ellos decían. Ella era mejor y más rápida
haciendo bocetos que escribiendo, y además no iba a tomar
notas, sin importar lo que dijera el autoritario de Skip. Al
escuchar a los niños discutir sobre qué idea era la mejor,
parecía que la parte competitiva del concurso ¡ya había
comenzado!

—¡Pongámosle alas de pájaro! —dijo un niño— Yo
las ajustaré y volarán.

—No, hagamos nuestra máquina para volar con forma
de balón de fútbol americano y yo la lanzaré —dijo otro
niño, señalando su brazo.

—Construyamos un papalote y luego cortemos el
hilo cuando esté volando alto —dijo Davy.

—¡Eso es cosa de bebés!—dijo otro niño burlándose— ¡Construyamos un bombardero B-52!

—¡O un helicóptero! —intervino Wayne, dándole un giro rápido a la hélice de su gorra haciendo como si se elevara.

—¿Es en serio? —dijo Maryellen, consternada con lo malas que eran las ideas. La idea del cometa de Davy fue la única que sonó, por lo menos, práctica. El resto de las ideas eran imposibles. Pero los niños no se estaban escuchando los unos a los otros, por lo tanto, no la escucharían a ella.

Maryellen se sintió aliviada cuando el Sr. Hagopian dijo:

—¡Listo, niños! No hay más tiempo. Vuelvan a sus salones. Reunámonos a esta hora la semana que viene en la biblioteca pública. Nos vemos allí. Vayan en silencio por el corredor, por favor.

Sin decir nada, Maryellen dobló el papel con las reglas de un lado y los bocetos del otro. Lo guardó en su bolsillo mientras ella, Wayne y Davy se dirigían otra vez por el corredor largo, fresco y sombrío hasta llegar al salón de la Sra. Humphrey.

Era la tradición que en el último día de clases, los estudiantes comían paletas mientras vaciaban sus pupitres y cubículos en el guardarropa. Los labios de

todos eran violetas, anaranjados, o rojos, dependiendo
del sabor de las paletas que comieran. Era otra tradición
que los profesores salieran primero y se alinearan a los
lados de las puertas. Mientras los estudiantes salían del
edificio en estampida, los profesores los aplaudían, los
alentaban y les daban palmaditas en sus espaldas. Los
autobuses hacían sonar las bocinas y los niños se tre-
paban a las ventanas para gritar '¡Adiós!' Mientras los
autobuses arrancaban, los niños que iban caminando
por la acera, como Maryellen, se despedían hasta que
los autobuses doblaran la esquina.

Davy caminaba llevando su bicicleta junto a
Maryellen, de regreso a casa. El Sr. Carey estaba teniendo
una pequeña plática con Wayne para alentarlo a que
mejorara su comportamiento el año siguiente, por lo que,
para variar, se habían quedado solos.

—¿Cómo es que estuviste tan callada en la reunión?
—preguntó Davy.

Maryellen se encogió de hombros.

—Supongo que deje de intentar que me escucharan.

—¿Tú? ¿Dejar de intentar? —dijo Davy— No, no.

Maryellen se rió.

—Tuve unas ideas, pero me daba la sensación de

que si las sugería, los niños más grandes las iban a descartar.

—Tenías miedo de que se cayeran como globos de plomo —bromeó Davy. ¡Skip diría que no eran aviones de primera clase!

Maryellen, entró en la discusión:

—Ni siquiera despegarán del suelo.

—Creo que ninguna de las ideas de las que hablaban los niños hoy podrían despegar del suelo —dijo Davy, poniéndose serio— Tenemos que pensar mejores ideas, pensar en algo que realmente pueda volar, si queremos ganar el concurso.

—Despegar es sólo una parte del problema. El ganador es el que se logre mantenerse más tiempo en el aire —dijo Maryellen sacando la hoja con las reglas del concurso de su bolsillo, y se la alcanzó a Davy— Lee esto.

—Oh oh —dijo.

—No puedes volver a decir eso—dijo Maryellen bromeando— Me parece que es mejor que hablemos más en la próxima reunión. Tenemos que decirle a los demás cuáles son la reglas. De lo contrario no seremos los Lanzadores, sino los Perdedores.

Estupefacta

CAPÍTULO 7

Maryellen celebraba el último día de clases.

—¡Hurra! gritó con entusiasmo.

Mamá había prendido el aspersor del jardín y ahora estaba cortando una sandía fría. Poco después de regresar de la escuela, Maryellen y Beverly se pusieron sus trajes de baño y salieron a correr y a jugar con el agua fresca del aspersor. Scooter las observaba desde la sombra, echado con el hocico sobre sus patas delanteras.

Estaban haciendo un concurso para ver quién podía escupir las semillas de la sandía más lejos, cuando de pronto Beverly, con los ojos bien abiertos dijo:

—¡Mira!

Maryellen quedó estupefacta, con la boca abierta. Papá llegaba en su coche, y traía anclada detrás una enorme casa rodante. Papá tocó el claxon del coche y

mamá, Joan y Carolyn salieron corriendo de la casa.
Mamá tenía un trapo en la mano, Joan tenía un libro
y Carolyn un cepillo para el cabello. La mitad de su
cabello estaba recogido con pinzas para rizos y la otra
mitad estaba suelto y mojado.

—¡Papá, papá, papá, papá, papá! — gritó Tom mientras papá se bajaba del automóvil.

Tom se arrojó a sus brazos y papá lo alzó emocio-
nado. Scooter aulló para sumarse al alboroto, y Mikey
imitó a Scooter y aulló también.

—¿Qué carambas es eso? —preguntó mamá cuando
todos se calmaron un poco.

—¿No es una belleza? —dijo papá, dando palmaditas a la casa rodante con orgullo— Es la Airstream
1955. Y es toda nuestra. Vamos a recorrer los Estados
Unidos este verano. Niños, esta será nuestra casa sobre
ruedas.

—¡Hurra! —aclamaron todos, excepto mamá.

—¿Podemos entrar? —preguntó Maryellen.

—¡Claro! —dijo papá.

Levantó a Mikey y les mostró el camino, y todos inclui-
do Scooter lo siguieron a la casa rodante.

—Ooooh —dijeron en voz alta todos los niños. La

Airstream lucía hermosa y reluciente en su interior. La parte delantera de la casa rodante, hacia la derecha de la puerta, era la sala de estar. Maryellen nunca había visto algo tan moderno pero a la vez tan cómodo y acogedor. Tom ya estaba brincando en uno de los dos sofás a cuadros y Mikey estaba subiendo a Scooter sobre un sillón. La cocina estaba justo en frente de la puerta. Había un lavabo pequeño, un refrigerador, una estufa y repisas.

—¡Miren qué linda es la cocina! —dijo Carolyn— Tiene todo lo de una cocina normal, sólo que en miniatura.

—Mira esto, amor —le dijo papá a mamá. Abrió una alacena y se desplegó una tabla para planchar.

—Estoy emocionada —dijo mamá, aunque no sonaba del todo contenta.

A la izquierda de la cocina había una cama y un armario, y al fondo estaba el baño. Maryellen se asomó.

—¡Hasta tiene una bañera y una ducha! —exclamó.

Para entonces varios vecinos se habían reunido en la entrada de los Larkin para admirar la Airstream.

A Maryellen le encantaba que su familia fuera el centro de atención.

—¿Qué modelo compraste, Stan? —preguntó el Sr. Fenstermacher.

—La Trade Wind Double de siete metros—dijo papá.

—La más moderno —dijo el Sr. Fenstermacher— Puedes usarla hasta como un refugio antiaéreo, por el amor de Dios. ¡Tiene todo lo que necesitarías!

—Parece como si fuera a despegar —dijo Davy.

—Debería —presumió papá. Él era arquitecto, por lo tanto apreciaba mucho el buen diseño que aprovechaba al máximo los espacios— Está inspirada en el famoso Espíritu de San Luis, de Charles Lindbergh, el primer avión que voló sin escalas a través del océano Atlántico.

—Bueno, Ellie —dijo Davy— Si te vas, te perderás las reuniones del equipo, pero puedes inspirarte en la Airstream, te dará buenas ideas sobre máquinas voladoras.

—¡Tienes razón! —reconoció Maryellen con felicidad.

Finalmente, el alboroto disminuyó y mamá llamó a la familia a cenar. Todos entraron de mala gana, pero Scooter se negaba a salir de la Airstream. Nadie podía culparlo. La casa se veía muy grande y aburrida comparada con la elegante Airstream. Mamá colocó una olla de fideos con atún en la mesa, luego se sentó y suspiró.

—¿Qué ocurre, cariño? —le preguntó papá.

—Pues —dijo mamá— me hubiera gustado que me consultaras antes de hacer una compra tan... mmm...tan importante y grande.

—Quería que fuera una sorpresa —le respondió papá.

—Es una sorpresa, sin duda —dijo mamá—. Nunca imaginé tener una enorme nave espacial estacionada en nuestra entrada.

—No estará estacionada en nuestra entrada por mucho tiempo —respondió papá— Este verano haremos un viaje por carretera. Todas las revistas dicen que el tiempo en familia es muy importante.

Joan preguntó rápidamente:

—¿Por cuánto tiempo nos iremos?

—Al menos tres semanas —dijo papá.

—¿Tres semanas? —repitió Joan— Oh papá, no quiero estar tanto tiempo lejos de Jerry. Y mamá me iba a enseñar a cocinar. Me voy a casar al final del verano, ¿recuerdas?

—Por supuesto que lo recuerdo, cielo. En realidad, es por eso que compré la Airstream—dijo papá— para que todos podamos hacer un último viaje por carretera juntos como una familia —Papá se acercó y alborotó con cariño el cabello de Joan.

—¿Un viaje por carretera? —preguntó mamá— ¿Es decir que no iremos a visitar a mis padres?

Los Larkin siempre iban a las montañas de Georgia a visitar a los abuelos durante las vacaciones de verano.

—Pues —respondió papá— pensé que podríamos ir hacia el oeste, al Parque Nacional Yellowstone. Ya es hora de que los niños conozcan los lindos paisajes que tiene Estados Unidos al oeste de Mississippi. Todas las revistas dicen que es nuestro deber patriótico como estadounidenses es conocer tanto como podamos de este gran país.

—¡Me encanta la idea de ir al oeste! —dijo Maryellen.

Casi todos sus programas de televisión favoritos sucedían en el oeste. Se imaginó montando a caballo por la pradera, durmiendo bajo las estrellas y cruzando ríos salvajes como los pioneros.

—¿Podemos ir a El Álamo, papá? por favor —le rogó— allí estuvo Davy Crockett. Maryellen y los niños cantaron la canción del programa de televisión:

¡Davy, Davy Crockett!
¡Rey de la frontera es!

—No esperes que el oeste sea igual que en esas ridículas series que ves por televisión —le advirtió Joan— Y no puedo creer que idolatres a Davy Crockett, ese tipo anduvo por ahí con un mapache muerto en la cabeza.

Mamá levantó las manos para detener la discusión. Se veía agobiada.

—Cada vez está más cerca la boda de Joan y Jerry —le dijo a papá— Aún queda mucho por hacer. Los pintores vienen la próxima semana para que la boda pueda ser aquí. ¿Quién los supervisará? ¿Scooter?

—Scooter vendrá con nosotros —dijo papá— ¿no crees que te hacen falta unas vacaciones? Así podrás descansar de los preparativos de la boda.

—No estoy segura de que sean unas vacaciones para mí —dijo mamá— Quedarse en una casa rodante significa que tendré que hacer todo el trabajo que hago siempre; cocinar, lavar la ropa, los quehaceres domésticos y la limpieza, e incluso planchar bajo condiciones más complicadas que las de siempre.

Todos estaban callados, pensando en lo que mamá había dicho. Maryellen pudo ver que mamá había expuesto varios puntos válidos. Pero también pudo ver que papá estaba tan entusiasmado por el viaje como lo estaban ella y los demás niños, excepto Joan.

—Mamá —dijo Maryellen— ¿y si los abuelos se quedan aquí? Así los veríamos unos días y además podrían ayudar a cuidar la casa mientras nosotros no estamos. Y de paso, supervisar a los pintores. Y si pudieran quedarse unos días después de que volvamos, sería una larga y agradable visita.

Mamá consideró la sugerencia.

—Eso podría funcionar —dijo, asintiendo y sonriendo ligeramente.

—Es una gran idea, Ellie —dijo papá, muy contento.

Joan reaccionó:

—Yo podría quedarme aquí con la abuela y el abuelo —dijo.

—¡No! —Protestó Maryellen firmemente— Ya escuchaste lo que dijo papá acerca de que este sería nuestro último viaje familiar. ¡Tienes que venir, Joan! Lo arruinarás si no vienes ¡por Dios, hasta Scooter vendrá!

—Maryellen volteó hacia mamá y dijo:— Yo cuidaré de Scooter en el viaje, lo prometo —sinceramente no creía que cuidar del dormilón y haragán de Scooter fuera muy difícil— Y también ayudaré con otras tareas.

—Yo también —prometieron Beverly y Tom en coro.

—¡Yo! —dijo Mikey, que no tenía idea de lo que estaba pasando.

—Yo también ayudaré —dijo Carolyn— ¡Será divertido mantener la Airstream limpia y ordenada!

—No tendrás que preocuparte mucho por cocinar, cariño —le dijo papá a mamá— La mayor parte del tiempo comeremos los pescados que yo atrape. Los asaremos en una fogata.

—De postre comeremos galletas con chocolate y malvaviscos —agregó Maryellen— Y le puedes enseñar a cocinar a Joan en la pequeña cocina de la Airstream, y ella puede practicar preparándonos la cena también.

—Está bien —dijo mamá. Se encogió de hombros en señal de rendición— Supongo que entonces iremos hacia el oeste.

—¡Esa es mi mujer! —dijo papá, abrazando a mamá.

Todos se alegraron, excepto Joan.

Los próximos días fueron como un huracán de hacer compras, empacar, recolectar y preparar. La familia entera fue a la gran tienda de O'Neal's a comprar pantalones y chaquetas abrigadoras, porque papá había dicho que el clima podía ser frío en Yellowstone. Papá compró una tienda de campaña y bolsas de dormir en la tienda del Ejército de la Armada porque no había suficientes camas para todos en la Airstream. Mamá fue al supermercado a comprar comida para el viaje.

—En caso de que los peces no piquen —dijo guiñándole el ojo a papá.

Jerry, el prometido de Joan, llevó a las niñas en su Hot Rod a la biblioteca para abastecerse de libros. De camino a casa, paró en una cafetería y generosamente invitó a todas una papas fritas con *ketchup*. Joan tuvo que comer sus papas fritas con una sola mano, porque Jerry sostenía la otra, la que tenía el anillo de compromiso. Él ya había puesto una moneda en la máquina de discos para que sonara su canción especial, 'Sinceramente', de McGuire Sisters.

—Sinceramente, voy a extrañarte —le dijo Jerry a Joan— Ojalá no tuvieras que irte.

Beverly se burlo:

—¡Cursi!

Maryellen le pateó la pierna por debajo de la mesa para hacerla callar. Quería escuchar lo que Joan iba a decir.

—No me quiero ir —murmuró Joan— Pero es la mayor ilusión de papá que este sea el último viaje de toda la familia. No puedo decepcionarlo.

—Bueno, por lo menos tendrás mucho tiempo para leer —dijo Jerry— Sé lo mucho que te gustan los libros —sonrió y apretó la mano de Joan— Soy un muchacho con suerte, me voy a casar con una mujer hermosa y además inteligente.

Joan puso la mano con la cual comía las papas fritas sobre la de Jerry y dijo:

—Estaré pensando en ti y extrañándote en cada kilómetro del camino.

La mirada que Jerry le dio a Joan era tan dulce y romántica que Maryellen y Carolyn prácticamente se derritieron.

Todos estaban emocionados y eufóricos cuando

llegaron la abuela y el abuelo. El abuelo insistió en
dormir en la Airstream, sólo para ver lo que se sentía.
A la mañana siguiente dijo:

— ¡ Por Dios, esa casa rodante es magnífica!
Nunca dormí mejor en mi vida. Su viaje va a ser
fantástico —le dio una palmada a Maryellen en el
hombro—Tú eres mi corresponsal, pequeña Ellie. Así
que no te olvides de enviarme postales —dijo. Parecía
sentir un poco de envidia.

Maryellen sabía que al abuelo le encantaban los
mapas y viajar tanto como a ella, le prometió enviarle
postales de cada lugar que visitaran.

La noche antes de irse, papá le asignó a cada uno
un cajón en la Airstream. Mamá estaba ayudando a
Maryellen a doblar su pijama, su ropa interior, camisas,
pantalones y *shorts* cuidadosamente. Mientras los estaban colocando en el cajón (que estaba debajo del sofá en
la sala), la abuela golpeó la puerta de la casa rodante.

—Hola, corazón —le dijo a Maryellen— Tengo un
regalo para ti —Le entregó a Maryellen un cuaderno
de bocetos— Me acuerdo que cuando nos visitaste
al abuelo y a mí en Navidad, te gustaron los pájaros
que venían a mi comedero de aves. Así que pensé que

podría gustarte hacer dibujos de pájaros, y de otras cosas que llamen tu atención durante el viaje.

—¡Oh, gracias, abuela! —dijo Maryellen, y le mostró el cuaderno de bocetos a mamá, diciendo—: Mamá, mira el cuaderno de bocetos que me dio la abuela. Puedo llenarlo con dibujos. ¿No será genial?

—Sí que lo será —dijo mamá.

—¿Sabes qué? —continuó Maryellen— Dibujaré también mis ideas para las máquinas voladoras en este cuaderno de bocetos.

—¿Máquinas voladoras? —preguntó la abuela.

Maryellen asintió.

—Estoy en un concurso de la escuela para inventar la mejor máquina voladora—explicó.

—¡No me digas! —dijo la abuela— Deberías consultarle a tu madre. Recuerda que ella trabajó en una fábrica de aviones durante la guerra.

—Oh, es verdad —dijo Maryellen, volviéndose hacia mamá— ¿Tienes alguna buena idea para máquinas voladoras, mamá?

—Bueno, yo no estaba en el equipo de diseño —dijo mamá— Pero recuerdo que los diseñadores estaban buscando ideas todo el tiempo.

—Tendré un lápiz siempre a mano y dibujaré todo lo que vuele —dijo Maryellen.

—Eres una niña muy inteligente—dijo mamá, sonriendo— El mundo está lleno de inspiración. Pero tienes que prestar atención, mirar y escuchar todo el tiempo.

—El equipo de los Lanzadores no es bueno escuchando —murmuró Maryellen.

—Eso no es bueno —dijo mamá— Cuando era responsable de la línea en la fábrica de aviones, era mi trabajo estar segura de que todos cooperaran y trabajaran juntos, bien y felices. Así es como se hace un buen trabajo.

—Tu madre hizo un trabajo maravilloso como jefa —dijo la abuela con orgullo— Ella era tan buena que le pidieron que se quedara después de la guerra.

—¿Y por qué no lo hiciste, mamá? —preguntó Maryellen.

—Los directores de la fábrica y yo teníamos diferencias de opiniones —dijo mamá— Yo pensaba que las trabajadoras que querían conservar sus trabajos, tenían todo el derecho de hacerlo, pero los jefes decían que esos empleos debían ser para los hombres que regresaban de la guerra. Eso aún me hace enojar, porque muchas de esas mujeres estaban manteniendo a sus familias. Yo dije que no me quedaría si las demás mujeres era obligadas a irse. Entonces cuando las despidieron, yo también me fui.

—¿Te dio lástima? —preguntó Maryellen.

—¡Me dio lástima que fueran tan tercos y de mente cerrada! —dijo mamá— Pero no iba a seguir adelante con algo que yo creía que estaba mal. Y definitivamente no quería trabajar para personas que no me escucharan ni respetaran mis ideas.

—Davy y yo queremos que el equipo de los Lanzadores escuche nuestras ideas —dijo Maryellen— Realmente queremos ganar el Concurso de Ciencias. ¡Si lo ganamos saldremos en televisión! —Maryellen le sonrió a la abuela y dijo—: ¿No estarías orgullosa de mí?

Los ojos oscuros y brillantes de la abuela relucieron.

—Yo ya estoy orgullosa de ti —dijo— Tu madre me contó acerca del espectáculo que organizaste para recaudar fondos para luchar contra la polio.

—¿No fue un gesto muy lindo que una niña tan joven hiciera eso el día de su cumpleaños? —dijo mamá.

—Después estuve en el desfile del Día de la Memoria con el alcalde —le dijo Maryellen a la abuela— y mi fotografía salió en el diario, así que ahora todos los niños de la escuela saben quién soy —suspiró— Es genial ser famosa.

—Ajá —reconoció la abuela— ¿Pero no es la razón por la cual uno es famoso lo que importa?

—¿Qué quieres decir? —preguntó Maryellen.

—Bueno, las personas son famosas por muchas razones diferentes. ¿No preferirías ser famosa por algo noble como luchar contra la polio, que por robar un banco, por ejemplo? —dijo la abuela— Ese escritor Thoreau que está leyendo Joan, dijo: 'No seas simplemente bueno; sé bueno por algo'. De esa manera, incluso después de que tu fama desaparezca y la gente se olvide de quién eres, lo que hiciste aún estará presente. En realidad, podrías hacer algo maravilloso solamente porque es lo correcto, aunque no te haga ser famosa.

—¿Entonces no debería querer salir en la televisión? —preguntó Maryellen, confundida.

La abuela la besó en la frente y respondió:

—Ya sea que salgas en la televisión alguna vez o no, tú siempre serás famosa para mí.

—Y para mí también —dijo mamá— Ahora será mejor que Scooter y tú se vayan a dormir para estar listos para ser 'buenos por algo' —Abrazó a Maryellen y le dijo bromeando—: Si no duermes lo suficiente, no serás buena para nada.

Canciones de carretera

 sta tierra es tu tierra, esta tierra es mi tierra,
desde California hasta la isla de Nueva York,
desde el bosque de secuoyas
hasta las aguas de la corriente del golfo,
¡esta tierra fue creada para ti y para mí!

Maryellen cantó lo más fuerte que pudo y así lo
hicieron también Carolyn y Beverly, e incluso mamá y
papá. Tom y Mikey no sabían la letra, así que cuando
querían gritaban '¡Mi tierra!'. Sólo Joan mantenía un
silencio distante.

Durante los primeros días del viaje todos, excepto
Joan, habían estado de buen humor y dispuestos. Nadie
se quejaba mucho del calor. Y ¡eso que el calor era
sofocante! Se levantaba ondulante provocando espejis-
mos de humedad sobre el asfalto oscuro de la carretera

mientras papá conducía hacia el oeste a través de la franja angosta de Florida y durante todo el recorrido hasta Luisiana, en donde el aire sofocante era tan pesado y denso como una sopa de camote.

Las piernas sudorosas de Maryellen se pegaban al plástico de las tapicerías del asiento, especialmente cuando era su turno de sentarse en el apretado asiento trasero. Todos tenían su turno excepto Joan, que insistió en sentarse en el asiento delantero, junto a la ventana.

—Me voy a marear si me siento en cualquier otro lado— anunció. Kilómetro tras kilómetro miraba el paisaje a través de la ventanilla abierta, se veía triste y sufriendo mal de amores.

—¿Qué le pasa a Joan? —preguntó Beverly en un susurro cuando se detuvieron para almorzar el tercer día.

—Creo que simplemente no quiere estar en este viaje— dijo Maryellen.

—Sí —reconoció Carolyn— Parece que mientras más se aleja de Jerry, más se deprime y se pone de mal humor.

—Bueno, no creo que sea justo que Joan pueda ir todo el tiempo en el asiento delantero con papá —se quejó Beverly.

—No es justo —dijo Maryellen— Pero no quiero arriesgarme a que tenga náuseas por todo el viaje, ¿tú sí?

—No —murmuró Beverly.

Entonces, sin nadie que la desafiara, Joan estuvo cómoda todos los días, con una mirada distante en su rostro. "Soñando con Jerry" —pensó Maryellen.

A pesar de que el asiento trasero estaba abarrotado, el resto de los niños se divertían durante el viaje en el automóvil. Cantaban y se emocionaban con juegos de autos como encontrar todas las letras del alfabeto en orden en los carteles que pasaban. Los carteles de la crema de afeitar Burma-Shave eran los mejores, porque tenían la 'u' y la 'v', y además en el orden correcto. A todos les encantaba leer en voz alta los divertidos poemas divididos en seis carteles que le hacían publicidad a Bruma-Shave, como:

Ella besó
El cepillo para el cabello
por error
creyó que era

Jake, su amor
Burma-Shave

Cuando se cansaban de cantar y jugar al juego del alfabeto, Maryellen, Beverly y Tom jugaban 'duce y amargo'; saludando a todas las personas que pasaban. Algunas personas eran amargas y no saludaban, pero la mayoría de la gente era dulce y sonreía y los saludaba también.

La Airstream siempre atraía el interés de las personas. Cuando los Larkin estacionaban por la noche en parques o campamentos para casas rodantes, la gente amable pasaba a conocer a la familia y a mirar la Airstream. Cuando se detenían en las principales atracciones de la carretera, como granjas de serpientes y árboles tan grandes que se podía pasar por el arco tallado en sus troncos, la Airstream se convertía en una atracción más de la carretera. En las estaciones de servicio, papá confiaba en Maryellen para que vigilara cuántos galones estaban comprando mientras él respondía preguntas sobre de la Airstream. Por lo general, la gasolina costaba veinticinco centavos el galón, y Maryellen, a quien le encantaba hacer cuentas mentalmente, pronto aprendió a calcular cuánto dinero tenían que pagar.

Una noche después de cenar, Maryellen estaba sentada sobre una roca junto al fuego, con Scooter a sus pies y su cuaderno de bocetos en sus piernas. Joan estaba sentada junto a ella, leyendo a la luz de la hoguera, pero era como si estuviera a miles de kilómetros, estaba totalmente absorta en su libro.

Carolyn apareció, agregó un leño a la hoguera y luego preguntó:

—¿Qué estás dibujando, Ellie?

—Las chispas —respondió Maryellen.

—¿Por qué? —preguntó Carolyn.

—Estoy haciendo bocetos de todo lo que veo que vuela, ¡incluso el humo! —explicó Maryellen—Estoy buscando inspiración para el Concurso de Ciencias, y mamá dice que tienes que estar prestando atención todo el tiempo.

—¿Puedo verlo? —preguntó Carolyn.

—Seguro —dijo Maryellen. Se movió a un lado para que Carolyn pudiera compartir su roca y mirar sus bocetos.

—Aviones, pájaros, abejas, hojas, nubes, burbujas, cometas y un búmeran —dijo Carolyn mientras estudiaba las páginas— Hiciste un boceto de casi todo lo que se eleva en el aire.

—Sip— dijo Maryellen— Quiero demostrarle a esos niños de los Lanzadores de Sexto Grado, especialmente al mandón de Skip, que las niñas también tenemos buenas ideas.

De repente, Joan levantó la vista y sorprendió a Maryellen y a Carolyn cuando dijo:

—Emily Dickinson tiene un poema que comienza así: 'La esperanza es esa cosa con plumas'.

Carolyn le sonrió a Maryellen y le dijo:

—¡Entonces haz que tus esperanzas vuelen alto!

—Lo intentaré —afirmó Maryellen. Luego se volvió hacia Joan y dijo—: Supongo que esperas que este viaje se termine pronto para poder regresar a casa y casarte con Jerry.

Una mirada extraña, melancólica e insegura, se pudo ver en el rostro de Joan. Pero luego volvió a centrar su mirada en su libro.

—Ajá —fue todo lo que dijo.

✳

Mamá y papá eran líderes muy democráticos, por

lo tanto todos en la familia tenían un voto para decidir dónde detenerse y qué atracciones visitarían. Cuando Maryellen dijo que debían visitar el Álamo; Beverly, Tom, Mikey y la bondadosa de Carolyn estuvieron de acuerdo. Joan se quejó, pero había perdido la votación.

Los Larkin siempre recordarían el Álamo, porque allí fue donde el ambiente comenzó a cambiar y la idea de papá acerca de la unión familiar se derrumbaba para Joan y Maryellen. El día comenzó mal, incluso antes del desayuno, cuando Joan se quedó demasiado tiempo en el baño.

—Apúrate —le ordenó Maryellen mientras golpeaba la puerta del baño— ¿Por qué estás tardando tanto?

—Me estoy lavando el cabello —dijo Joan enfadada desde adentro.

—¿Otra vez? —gritó Maryellen.

—Vete —le gritó Joan.

—¡Mamá! —se quejó Maryellen— Joan está acaparando el baño gastando todo el agua caliente, como siempre.

—Arréglense ustedes —dijo mamá, justo mientras Mikey dejo caer una caja de cereales y Scooter comenzó a comérselos.

Cuando llegaron al Álamo, Joan se alejó del resto de la familia y caminó por la fortaleza sola. Maryellen y Carolyn la vieron desde lejos, sentada en una esquina soleada con su rostro inclinado hacia el sol.

—Joan probablemente esté pensando "¡sáquenme de aquí!" —dijo Maryellen, poniendo una voz gruñona simulando ser Joan— Este lugar es un basurero. Huele a humedad, horrible, como un brócoli al vapor.

—Es verdad —dijo Carolyn riéndose. Está pensando que tendrá que lavar nuevamente su cabello, para quitarse el olor a brócoli.

Pero a Maryellen le encantaba el Álamo. Cuando Joan se acercó, Maryellen la ignoró y le dijo a Carolyn:

—Cielos, me pone la piel de gallina estar en un lugar donde realmente estuvo una persona tan famosa como Davy Crockett. Quizá el tocó esta misma pared, o caminó por este mismo lugar, o durmió justo donde estamos ahora. Maryellen se arrodilló y recogió una piedrita como recuerdo. "Quizá estuvo parado sobre esta misma roca" —pensó. De repente, tuvo un pensamiento maravilloso.

—Tal vez si llego a ser tan famosa como Davy Crockett, la gente visitará nuestra casa como un lugar simbólico en el futuro —dijo.

—¡Tal vez! —dijo Carolyn alegremente— ¿Tú qué piensas Joan?

Joan parecía pensativa, y luego dijo enérgicamente:

—Yo pienso que voy a ir a la tienda de regalos a comprar una postal para mandarle a Jerry.

Carolyn y Maryellen intercambiaron miradas.

—Parece como si en realidad no estuviera en este viaje con todos nosotros —dijo Maryellen.

La relación entre Maryellen y Joan no mejoró cuando regresaron a la Airstream. Maryellen estaba intentando cumplir con su tarea de ocuparse de Scooter. Esa noche, como todas, mientras mamá le enseñaba a Joan a preparar la cena, Maryellen llenó el recipiente de comida para perro y luego cantó la canción del comercial de comida para perro Chow-Chow para llamar a Scooter a cenar. La canción publicitaria sonaba con la melodía de 'Estrellita dónde estas' Maryellen cantó:

> *Come Chow-Chow*
> *para ser*
> *un cachorro*
> *muy feliz*

—Me estás volviendo loca con esa canción —se quejó Joan, elevando la mirada mientras restregaba una sartén que había quemado— ¡No me la puedo sacar de la cabeza!

—¡Lo siento! —dijo Maryellen. Pero en realidad no lo sentía. A ella y a Scooter les encantaba esa canción, y ya era parte de su ritual de cena.

Después del Álamo, los Larkin fueron hacia el noroeste. Habían tenido tres días de lluvia seguidos, estaba tan mojado que nadie podía dormir en la tienda de campaña o en las bolsas de dormir afuera bajo las estrellas (de todos modos, no había estrellas) así que todos tenían que apretujarse en la Airstream. Los pequeños dormían en el dormitorio con mamá y papá, y las cuatro niñas dormían en la sala. Había solamente dos sofás, entonces Carolyn, Maryellen y Beverly se turnaban para dormir en el piso mientras Joan dormía en uno de los sofás todas las noches, sin oposición.

Incluso aunque estaban apretados, a Maryellen le encantaban las noches en donde todos estaban en la

Airstream. Le parecía que era acogedor y agradable, como debe haber sido dormir en una carreta cubierta como las que veía en sus programas de televisión del oeste, o en una cabaña de madera nevada en las montañas de Tennessee de David Crockett.

Pero después del tercer día de lluvia, mamá se puso firme e insistió en que debían parar en un hotel. Los niños se desplomaron sobre las camas y miraron televisión mientras papá limpiaba el interior del automóvil. Mamá fue a la lavandería a lavar y a secar las toallas húmedas que habían engalanado la sala de estar de la Airstream, y adornaban como cortinas empapadas por todos lados. Luego fue rápido hasta el supermercado para comprar comida de perro para Scooter y bandejas de comida para el resto de la familia, la cual calentó en la cocina de la Airstream. Todos los niños disfrutaron de comer en las bandejas de plástico. Lo mejor de todo era que podían tirar las bandejas, por lo tanto, no había platos para lavar.

Pero aun así Maryellen se puso feliz cuando volvieron a salir a la carretera. Sentada en el asiento trasero del automóvil, bajó la ventanilla y dejó que el viento ondeara su cabello mientras admiraba la vista.

Pensó en la escuela, con la señora Humphrey en el piano cantándole a su clase la apasionada interpretación de 'Hermoso Estados Unidos'. Maryellen siempre cantaba lindo y alto, prácticamente con la fuerza del toda la clase junta:

¡Oh, hermoso por cielos espaciosos,
por oleadas ámbar de grano,
por majestuosas montañas púrpuras
sobre el claro con frutos!

Pero no fue hasta ese momento, paseando a través de los Estados Unidos con su familia, que Maryellen entendió realmente lo que esas palabras significaban. Los cielos sobre Nebraska eran verdaderamente inmensos, y los enormes campos de grano en Kansas realmente se veían como olas doradas en un océano agitado por el viento. La emocionaba ver que las montañas de Wyoming eran púrpuras mientras se elevaban sobre el horizonte.

Joan anhelaba volver a casa, pero Maryellen no. A ella le encantaba ver el país con sus propios ojos. "Realmente Estados Unidos es hermoso" —pensó.

✳

—Bien, niños —dijo papá cuando llegaron al Parque Nacional Yellowstone —están a punto de ver una de las maravillas del mundo. Es un géiser llamado el 'Viejo Fiel' (Old Faithful). Manténganse alejados y presten atención.

Al principio, no sucedió nada. Luego, desde un agujero en la tierra, el agua y el vapor burbujearon, salió un poco de agua como una fuente, hasta que ¡zuum!, el chorro de agua salió disparado en el aire, tan alto como un rascacielos, en una explosión espectacular de agua hirviendo, rocío y vapor que sacudió la tierra debajo de sus pies.

—Wow —exclamaron Maryellen y Beverly, y se abrazaron mientras la multitud aplaudía al géiser.

Maryellen inclinó su cabeza hacia atrás para ver la parte de arriba del géiser contra el cielo azul. Si un géiser de agua era capaz de levantar y sostener algo en el aire ¿podría considerarse una máquina voladora? Lo miró con admiración mientras el pozo hacía erupción durante alrededor de cinco minutos y luego descendía más y más, haciendo un silbido, hasta regresar a la tierra.

—¡Vamos a verlo de nuevo! —dijo Tom, para demostrar qué era más valiente que Mikey, que estaba escondido detrás de mamá.

—Tendríamos que esperar alrededor de una hora —dijo papá— Hace erupciones cada sesenta y cuatro minutos más o menos. Es por eso que lo llaman el Viejo Fiel.

Los niños jugaron a corretearse y a perseguirse entre ellos alrededor de la cuenca del géiser hasta que fue la hora de que el Viejo Fiel volviera a hacer erupción. Esta vez, papá los hizo formar en una fila y le pidió a un guardabosque que les tomara una foto familiar, donde parecía que el agua del géiser salía de la cabeza de mamá. Incluso Joan se relajó y se unió a la diversión, simulando estar lavándose el cabello. A todos les pareció que era muy divertido.

Maryellen estaba contenta de ver a mamá reír. Mamá no había estado tan relajada desde que habían salido de casa. Era fácil entender por qué: la familia no había cumplido con los quehaceres y las promesas que le habían hecho a mamá.

Después de que el géiser hizo erupción una vez más, papá desenganchó la Airstream y manejó la furgoneta alrededor de la carretera Grand Loop Road para que todos pudieran ver alces, bisontes americanos y osos. Caminaron hacia el Gran Cañón del Yellowstone, y pasaron cerca de las aguas calientes que burbujeaban desde la tierra, tapándose las narices para no percibir el olor a azufre. Pero cuando regresaron a la Airstream, Maryellen se dio cuenta de que mamá tenía que apurarse y preparar la cena, y después de la cena, cuando el resto de la familia fue a escuchar una charla del guardabosque sobre astronomía, mamá se quedó en el campamento para acostar a Mikey y ordenar la casa rodante.

Mamá no se quejó, pero Maryellen podía notar que la predicción de mamá se había vuelto realidad: El viaje significaba mucho trabajo para ella. Tom y Mikey dejaban un desastre a su paso y eran demasiado peque-ños para limpiar o ayudar. Beverly era descuidada cuando ponía la mesa y a Carolyn no le gustaba sacar la basura.

¿Y Joan? Bueno, mamá estaba tratando de enseñarle a cocinar, y Joan estaba tratando de aprender para saber cómo cocinarle a Jerry cuando se casaran. Pero el aprendizaje no estaba yendo precisamente bien. Todo lo que Joan cocinaba terminaba de la misma manera: quemado. Hamburguesas, galletas, panqueques, papas horneadas y huevos fritos, todo se convertía en carbón porque Joan se distraía tanto con cualquier libro que estuviera leyendo que se olvidaba de lo que estaba cocinando hasta que la Airstream se llenaba de humo. Tanto que cuando alguien olía humo, lo primero que gritaba era '¡Joan!'

—Joan podría quemar hasta el agua —balbuceó Maryellen a Carolyn cuando se encontró con un sándwich tostado de queso que parecía un pedazo de carbón.

Como resultado de los altercados de Joan con la comida, mamá tenía que vigilarla cuando cocinaba la mayoría de las noches.

Incluso papá estaba desilusionando a mamá. Pescar resultó ser más difícil de lo que papá había imaginado, entonces mamá tenía que inventar algo para la cena incluso después de días de largas caminatas. Tanto mamá como papá estaban decepcionados.

Maryellen trataba de mantener su promesa sobre cuidar a Scooter. Todas las mañanas lo sacaba a pasear por el campamento. Aunque era una tarea, era divertido. Todos eran simpáticos y adoraban a Scooter, que tenía muy buenos modales para ser un perro. Maryellen disfrutaba encontrarse con gente en el campamento, eran familias que venían de todas partes. Cocinaban diferentes platillos, hablaban con acentos diferentes y cantaban canciones diferentes a las que ella conocía. Incluso había una familia que hablaba en italiano, así que ella usaba algunas de las palabras en italiano, como *grazie* y *ciao*, que Ángela le había enseñado.

Por supuesto, Maryellen también tuvo algunas decepciones. Una fue montar a caballo.

Cuando papá anunció:

—Hoy es cuatro de julio, ¡y he planeado un día especial! —Maryellen había levantado su vista del cuaderno de bocetos con ilusión.

—Vamos a montar a caballo —continuó papá— Le compré a todos un sombrero de vaquero y un pañuelo. ¡Así que prepárense, vaqueros!

—¡Yuju! —festejaron los niños mientras se colocaban sus sombreros y ataban sus pañuelos alrededor del cuello. Se sonreían entre ellos, diciendo, '¿Cómo estás, compañero? ¡Arre!' y cantaban la canción de El Llanero Solitario:

Que te vaya bien,
hasta que volvamos a encontrarnos

que te vaya bien
sigue sonriendo hasta entonces.

Joan y mamá optaron por no ir a montar a caballo, pero Maryellen no podía esperar. Había pasado cientos de horas mirando a vaqueros que montaban a caballo en la televisión. Ahora, mientras papá los llevaba a los establos, se imaginaba a ella misma, ¡por fin!, sobre un guapo y reluciente corcel, galopando tan rápido como el viento, como la estrella de un programa de televisión del oeste. ¡Era un sueño hecho realidad!

Pero cuando vio a los verdaderos caballos de la vida real, todo la tomó un poquito desprevenida. En primer lugar, eran extremadamente grandes. Además, eran olorosos. Pateaban con sus pesadas patas, sacudían sus colas, balanceaban sus cabezas para un lado y para el otro, y se daban fuertes golpes con la cola en el lomo para ahuyentar a las moscas que les zumbaban a su alrededor y que formaban una nube.

—Supongo que debería hacer un boceto de estas moscas que están alrededor de mi caballo —le dijo Maryellen a Carolyn bromeando.

—Yo creo que debería conseguirle un cepillo de

dientes al mío —respondió Carolyn, señalando los dientes amarillos y gigantes de su caballo.

En el camino, el caballo de Maryellen no dejaba de inclinarse para comer pedazos de césped. Caminaba tan lento como Scooter, y cada tanto la asustaba con fuertes resoplidos de mal genio. Cuando finalizó el paseo, todos estaban con las piernas arqueadas, con las nalgas adoloridas, sudorosos, llenos de polvo, olorosos, cansados y con mucho calor.

—Retrocedan, vaqueros —los reanimó papá— Como es cuatro de julio, va a haber una barbacoa con música y baile de cuadrilla en la cabaña del Viejo Fiel. Después, ¡iremos en el automóvil afuera del parque para ver fuegos artificiales!

—¡Hurra! —festejaron los niños, olvidándose de que estaban cansados.

Maryellen fue la que más festejó.

—¡Me encantan los fuegos artificiales! —exclamó.

—Sé que te gustan, Ellie, pero a Scooter no —dijo mamá— Se asusta mucho con los ruidos fuertes y bruscos como los de un trueno o los de los fuegos artificiales.

—Es verdad —dijo Carolyn— ¿Te acuerdas cuando

se enloqueció durante aquella tormenta? Nunca lo había visto moverse tan rápido.

—Pobre Scooter —dijo Tom acariciándolo en la cabeza con compasión.

Mamá continuó:

—Así que alguien tiene que quedarse en la casa rodante con Scooter esta noche para calmarlo en caso de que alguien encienda petardos o fuegos artificiales cerca —mamá miró a Maryellen— Y dado que Scooter es tu responsabilidad, Ellie, creo que eres tú quien debe quedarse.

—Pero... —comenzó a protestar Maryellen.

Mamá sostuvo su mano en alto para detener a Maryellen.

—Lo prometiste, ¿recuerdas? —dijo.

Maryellen asintió.

—Yo también me quedaré —dijo Joan— Quiero lavar mi cabello y planchar una blusa.

—Ten cuidado —susurró Carolyn a Maryellen mientras se iba con el resto de la familia.— No dejes que Joan queme su camisa como si fuera un sándwich tostado de queso.

Maryellen dibujó una sonrisa, pero se sentía como la Cenicienta, atrapada en casa mientras los demás se iban al baile, aunque en este caso no hubiera príncipe azul sino una cuadrilla. Era difícil sonar alegre mientras cantaba la canción para que Scooter fuera a cenar:

Come Chow-Chow
para ser
un cachorro
muy feliz

—¡Ellie! —Dijo Joan malhumorada— ¿Podrías por favor dejar de cantar esa canción? Es muy molesto. Y Scooter también lo es por la manera en que babea sobre su cena.

—¡Está bien, está bien! —dijo Maryellen. Le dio a Scooter una ración extra de comida para perros y lo volvió a rascar detrás de sus orejas para compensarlo por las palabras feas que había dicho Joan acerca de él.

Cuando oscureció, Maryellen miró hacia afuera por la ventanilla de la Airstream. Podía escuchar los fuegos artificiales a la distancia, pero las ventanillas eran demasiado pequeñas y los árboles eran demasiado altos, y no alcanzaba a ver nada. Suspiró llena de frustración y aburrimiento. Miro alrededor hasta poner su vista sobre Scooter, que estaba echado debajo de una cama y tan profundamente dormido que parecía como si nada fuera a despertarlo, ni aunque un fuerte petardo explotara cerca de él.

Maryellen se acercó y miró a través del mosquitero de la puerta. Ahora podía ver algunas explosiones distantes arriba en el cielo. Algunas florecían como crisantemos enormes. Otras parecían dientes de león que se deshacían con el viento. Otras parecían garabatos, o corrientes en chorro, o una lluvia de estrellas plateadas. Algunas disparaban derecho hacia arriba, como el Viejo Fiel. Otras parecían copos de nieve multicolores que se disolvían en estelas brillantes de azules, verdes, rojos y dorados mientras caían al suelo. Rápidamente, entró y tomó su cuaderno de bocetos y su lápiz. Se apuró a salir y se quedó parada en la entrada, mitad adentro y mitad afuera, sosteniendo el mosquitero de la puerta abierto con su hombro.

Mientras hacía los bocetos, se dio cuenta de que algunos fuegos artificiales habían explotado al mismo tiempo con un tremendo estallido, lo cual era encantador, aunque fugaz. Pero otros habían explotado en etapas, subiendo cada vez más alto en el cielo. ¡Eran espectaculares! Primero había una explosión, luego otra explosión más arriba que la primera, y luego una tercera explosión que iba más arriba de todas. Maryellen decidió que era su tipo favorito. Eran fuegos artificiales de deseos hechos realidad: deseó que no terminaran, y no lo hicieron, al menos no hasta que explotaron tres veces. Cada parte empujaba hacia arriba a la próxima y es por eso que duraban más.

"Un segundo... —pensó ella mientras su corazón latía fuerte— Eso es: ¡cohetes propulsores!" Su equipo debería realizar su máquina voladora en partes, cada parte debía elevar a la parte siguiente hacia arriba. ¡Esa era la manera para que se sostuviera en el aire durante más tiempo!

Maryellen estaba tan entusiasmada que se paró afuera y, como si los fuegos artificiales estuvieran celebrando con ella, iluminaron todo el cielo. Luego, ¡rat-a-tat-rat-a-tat-tat! ¡Una serie increíblemente fuerte de petardos explotó y zumbó! Mientras tanto Scooter se escapó por el mosquitero de la puerta, se echó a correr esquivando a Maryellen y desapareció en la oscuridad.

¡Desastre!

aryellen no lograba encontrar a Scooter por ninguna parte y comenzaba a desesperarse.

—¡Oh no! —se lamentaba—¿Scooter? ¡Scooter, regresa aquí, amigo!

Dejó caer su cuaderno de bocetos, corrió alrededor de la Airstream y se agachó tratando de ver si Scooter se había echado debajo de la casa rodante como acostumbraba cada vez que hacía mucho sol.

—Scooter, sé que estás asustado. Por favor, sal de ahí.

Pero Scooter se había ido, se lo había tragado la noche.

—Ellie, ¿por qué estás gritando? —preguntó Joan, asomándose por el mosquitero de la puerta. Recién había salido del baño, empapada y envuelta en una toalla.

—Es Scooter —dijo Maryellen con la voz temblando— Se escapó. Todo fue mi culpa. Estaba distraída, pensando en mi máquina voladora y haciendo bocetos de los fuegos artificiales, y abrí la puerta. Alguien encendió petardos y Scooter salió corriendo disparado y...

—Cálmate —la interrumpió Joan— Scooter no puede haber ido muy lejos. Sólo agita la bolsa de comida para perros y llámalo. Él vendrá.

—No, se fue —insistió Maryellen— Por favor, Joan, tienes que ayudarme a encontrarlo antes de que se lo coma un oso, o que quede atrapado en esos pozos de barro olorosos, o que se caiga en una cascada.

—Oh, está bien —dijo Joan— Busca la linterna mientras me visto.

—Gracias, Joan —dijo Maryellen.

—¡Ve! —dijo Joan, echando a Maryellen de manera autoritaria— Busca también un mapa del parque.

La luz de la linterna se reflejaba sobre las hojas de los pinos que estaban en el camino, mientras Maryellen y Joan caminaban buscando a Scooter. Fueron a todas las tiendas de campaña y casas rodantes en el campamento, preguntando si alguien lo había visto. La mayoría de las personas se habían ido a la fiesta en la cabaña, pero los que todavía estaban en el campamento prometieron estar alerta por si lo veían. Todos conocían a Scooter y les agradaba porque era un perro muy amigable.

Un hombre algo gordito dijo:

—¿Quién hubiera pensado que el viejo y gordo Scooter pudiera correr tan rápido e irse lejos? Es una bola de grasa.

Maryellen se sorprendió y se alegró un poco cuando Joan contestó ásperamente.

—Supongo que no deberíamos juzgar por las apariencias, ¿verdad?

"Nunca creí ver a Joan defendiendo a Scooter —pensó Maryellen— Parece que después de todo, sí lo quiere."

Una mujer joven de una de las casas rodantes cercanas dijo que había visto a Scooter hacía un rato cuando salió corriendo del campamento.

—¿Iba hacia la cabaña? —preguntó Maryellen.

—No, hacia el otro lado —La mujer señaló hacia el bosque oscuro— Espero que lo encuentren pronto.

—Gracias —dijo Maryellen y se volvió hacia Joan— Tal vez deberíamos ir hacia la cabaña. Si mamá y papá todavía están allí, podemos avisarles que Scooter se perdió.

—No —dijo Joan— Estoy segura de que ya se fueron a ver los fuegos artificiales. De todas formas, es mejor encontrar a Scooter antes de molestarlos por nada.

Se pararon debajo de la luz en la esquina de la casa de la mujer, y miraron de cerca el mapa.

—Oh no —se lamentó Maryellen— ¡Scooter está yendo hacia el cañón de Yellowstone! ¿Y si se cae en el río Firehole y lo arrastran los rápidos?

—Basta —dijo Joan firmemente— Que digas esas cosas no ayudará —luego le dio un golpecito al mapa— Mira. Hay una estación de guardabosques en esa misma dirección. Iremos a decirles que se perdió nuestro perro. Podemos buscar a Scooter mientras vamos hacia allá.

—De acuerdo —dijo Maryellen— En momentos como estos, estaba contenta de que Joan fuera autoritaria.

Las dos caminaron en silencio durante un rato, siguiendo el pequeño rayo de luz que hacía la linterna en el camino. A su alrededor la oscuridad era absoluta. De repente, Joan tocó su hombro.

—¿Qué es eso? —susurró.

—¿Qué? —preguntó Maryellen.

—Ese sonido como de jadeo —dijo Joan— ¿Y si es un oso o un puma que nos está siguiendo?

—¡Quizá sea Scooter! —dijo Maryellen. Movió la luz a su alrededor, pero no vieron nada. Contuvo su respiración un segundo, y luego dijo—: Creo que sólo me escuchaste a mí respirar fuerte. Pero si te preocupan los animales salvajes, deberíamos cantar muy fuerte. Eso los ahuyentará.

—Estás bromeando —dijo Joan— ¿Dónde aprendiste eso?

—En la televisión —dijo Maryellen— Probablemente en uno de esos programas de vaqueros que tanto me gustan y que a ti tanto te disgustan.

Joan se rió.

—Sé una canción que podemos cantar bien fuerte —dijo Joan y comenzó a cantar— 'Davy, Davy Crockett...'

Y Maryellen se unió:

—'Rey de la frontera es'

Después de cantar otras canciones de algunos programas de televisión, Maryellen y Joan cantaron villancicos de Navidad. Después de un rato Joan dijo:

—¿Doblamos en la dirección equivocada? Creí que a esta altura ya estaríamos viendo la estación de guardabosques.

—Yo también —dijo Maryellen— Volvamos a ese cruce en el camino.

Se habían adentrado tanto en los bosques, que no podían ver ni siquiera el cielo. Joan hacía de guía y

Maryellen mantenía la linterna enfocando sus pies para que no se tropezaran con las raíces de los árboles o con las rocas del camino. Justo estaba pensando cuánto desearía haberse puesto *jeans* en lugar de *shorts*, ya que las ramas bajas le raspaban las piernas. De repente escuchó un ruido como si fueran coches en una autopista, pero no había ni coches ni autopistas cerca. "Debe ser el viento a través de los árboles —pensó— o un río".

—¿Un río? ¡Joan! ¡Ten cuidado! —gritó Maryellen. Pero era demasiado tarde.

Hacía un segundo Joan estaba allí caminando justo delante de ella, y al segundo siguiente Maryellen escuchó un golpe seco y un gemido. Joan había desaparecido.

—¡Joan! —gritó Maryellen.

—¡Ayuda! —se escuchó la voz de Joan— ¡Ellie, ayuda!

—¿Dónde estás? —gritó Maryellen alumbrando frenéticamente todo a su alrededor, pero sólo veía pinos.

—No lo sé —lloró Joan— De repente me caí en alguna parte. De alguna forma me resbalé por el camino. Apúrate. Pero no hagas lo que hice yo. ¡Ten cuidado!

Maryellen se agachó con manos y rodillas en el piso y luego se puso de panza. Se deslizó hacia adelante como una serpiente con sus manos extendidas, balanceando suavemente la linterna para iluminar de lado a lado. Tenía tanto miedo que temblaba, así que la luz de la linterna temblaba también. De repente encontró una brusca pendiente. El camino se había derrumbado en un tramo y caído hacia el torrente del río que se encontraba debajo.

—Puedo ver tu luz —gritó Joan— Estoy aquí abajo.

Maryellen inclinó la linterna hacia abajo y allí estaba Joan, casi dos metros hacia abajo en la oscuridad. Estaba sosteniéndose de la raíz de un árbol con una mano y se balanceaba con un pie sobre una roca que sobresalía de la ladera. Estaba demasiado abajo como para que Maryellen la pudiera alcanzar con sus manos.

—Espera —dijo Maryellen— Se sentó y se quitó su cinturón. Rápidamente ató el cinturón alrededor de su tobillo, se acostó bocabajo, se abrazó al tronco de un árbol grande, y se movió lentamente hacia atrás para que sus piernas quedaran colgando sobre el borde—¡Toma el cinturón! —le ordenó Maryellen.

—No seas tonta —dijo Joan impaciente— Para empezar, ni siquiera puedo ver el cinturón porque aquí abajo está tan oscuro como la boca de un lobo. Y segundo, soy mucho más pesada que tú. Terminarás cayéndote aquí también, y estaremos peor que ahora. Piensa en otra cosa.

—De acuerdo —dijo Maryellen. Esta vez, abrochó el cinturón alrededor de la linterna y la colgó lo más abajo que pudo sobre el borde— ¿Puedes trepar hacia la luz? —preguntó.

—Sí —dijo Joan— ahora que el camino está iluminado, creo que sí.

Maryellen escuchaba que Joan respiraba fuerte mientras trepaba por la pendiente vertical usando rocas y raíces como punto de apoyo, hasta que finalmente Joan se arrastró hacia el borde. Maryellen tomó a Joan por los bolsillos de sus pantalones y la jaló hasta la planicie.

Durante un segundo, las dos jadearon agotadas. Luego Joan dijo:

—Gracias, Ellie-kins —Joan se levantó, pero hizo un gesto de dolor al apoyar su pie derecho— Oh no —se quejó.

—¿Qué? —preguntó Maryellen.

—Creo que me torcí el tobillo en la caída —dijo Joan— Probó poner el peso nuevamente sobre su pie— ¡Ay, ay, ay! —gritó.

Maryellen se quitó el pañuelo de vaquera de un tirón. Con la linterna, encontró dos palos y puso uno a cada lado del tobillo de Joan como tablillas. Colocó el pañuelo alrededor de los palos y el tobillo y lo ató fuertemente. Luego encontró un palo grueso y alto con un agujero en la parte de arriba y se lo dio a Joan.

—Aquí tienes —dijo Maryellen— usa esto como muleta.

—¡Oh, por todos los cielos, Ellie! —dijo Joan casi riéndose— ¿Dónde aprendiste a ser rescatista profesional y a dar primeros auxilios? ¿con las Niñas Exploradoras?

Maryellen negó con la cabeza, y respondió:

—En el programa de Davy Crockett, la gente siempre se cae de acantilados o quedan atrapados en arenas movedizas y se tuercen los tobillos y esas cosas. Siempre me gustó jugar a que yo era él y que rescataba a alguien.

Joan resopló.

—Está bien, entonces ese tipo con el mapache muerto en la cabeza no es tan inútil después de todo —dijo ella. Le dio a Maryellen un pequeño abrazo con el brazo que tenía libre y luego lo dejó sobre sus hombros para apoyarse en ella mientras caminaban.

—Será mejor que regresemos al campamento —dijo Maryellen— Podemos volver y buscar a Scooter cuando sea de día.

Joan asintió. Maryellen pudo notar que se esforzaba muchísimo para seguir caminando notaba como se tensaba su cuerpo con cada paso que daba.

—Escucha, Joan —dijo Maryellen— Siento mucho todo lo que pasó.

—¿Qué es lo que pasó? —preguntó Joan.

Maryellen suspiró.

—Bueno, sé que piensas que Scooter es molesto — dijo— Y ahora, por no estar prestando atención, Scooter se perdió y tú te torciste el tobillo. Qué desastre.

—Es un desastre, ¿verdad? —dijo Joan, que para sorpresa de Maryellen, soltó una risita— Aunque, ¿sabes qué? Es extraño, pero por alguna razón me gusta.

—¿Te gusta? —exclamó Maryellen.

—Sí —dijo Joan— Es como una aventura en un libro. —dijo apretando el hombro de Maryellen— O un programa de televisión.

—Bueno, quédate conmigo, amor —bromeó Maryellen, tratando de sonar como Humphrey Bogart en las películas— ¡Puedo meterte en todos los desastres que siempre hayas querido!— Luego, preguntó más seria: —¿Quieres decir que ni siquiera lamentas haber venido a este viaje? ¿No lo odias incluso más ahora?

✳ ¡Desastre! ✳

Joan suspiró.

—No odio este viaje —dijo.

—¿Entonces por qué estuviste tan distraída y malhumorada? —preguntó Maryellen— ¿No estuviste acaso
mirando por la ventanilla del automóvil, extrañando a
Jerry y deseando estar en casa?

—Extraño a Jerry —dijo Joan— Pero cuando miro
por la ventanilla del automóvil, sólo estoy tratando de
absorberlo todo. Es como si cada casa y cada ciudad por
la que pasamos fuera un libro, y siento curiosidad por su
historia. Incluso me pareció interesante el Álamo. Es por
eso que quería caminar sola por ahí.

—¿De verdad? —preguntó Maryellen, asombrada.
¡Ella y Carolyn la habían malinterpretado completamente!— Si te gusta el viaje, ¿por qué no lo dijiste?

—Bueno —dijo Joan respirando profundamente— en
parte porque no quería admitir que estaba equivocada. Y
por otra parte porque me hubiera sentido desleal con Jerry
—Hizo una pausa y luego dijo—: Ellie, estoy confundida,
y me temo que me he estado desquitando contigo y con
Scooter. Lo siento. Verás, este viaje me hizo dar cuenta de
que el mundo es un lugar fascinante, enorme y genial. Si
pareció que estuve distraída y de mal humor, es porque

yo... —Joan titubeó pero al final soltó lo que la estaba agobiando— no estoy segura de querer casarme.

Maryellen se detuvo de golpe.

—¿Qué?—dijo sorprendida.

—Amo a Jerry— dijo Joan rápidamente— y me encanta la idea de vivir con él. Aunque hasta ahora el extintor de incendios parece ser el utensilio de cocina que más uso, así que nos moriremos de hambre si no aprendo a cocinar.

—Eso es verdad —dijo Maryellen con una risa, luego se puso seria y preguntó— ¿Tienes idea de lo que vas a hacer?

—Bueno, sí —dijo Joan— Y en realidad fuiste tú quien me dio la idea.

—¿Yo?— dijo Maryellen.

—¿Recuerdas en el Álamo, cuando estabas diciendo lo emocionante que era estar donde Davy Crockett había estado realmente? —dijo Joan— Me hiciste pensar en cuánto me encantaría ir a Massachusetts y ver dónde vivía mi poeta favorita, Emily Dickinson. Y siempre quise visitar la casa de Louis May Alcott, quien escribió Mujercitas; y ver el lago Walden de Thoreau. Y también está la ciudad de Nueva York. Muchos escritores vivieron allí; también en Londres y París... Quiero viajar y visitar los lugares en donde vivieron todos los escritores que tanto me gustan. Quiero ir a la universidad y estudiar los libros que ellos escribieron. Y después me encantaría inspirar a otras personas para que aprecien los libros y a los escritores tanto como yo. Tal vez pueda hacerlo convirtiéndome en maestra.

—Oh —dijo Maryellen, pensando seriamente. Ella y Joan caminaron en silencio durante un rato. Finalmente Maryellen preguntó— ¿Tienes que elegir entre Jerry y la universidad? ¿No puedes tener las dos cosas? Es decir, puedes ir a la universidad si estás casada, ¿verdad? Y lo mismo se aplica a viajar. Quizá a Jerry también le gustaría viajar. ¿Se lo has preguntado?

—No— dijo Joan lentamente. Maryellen no podía verla, pero podía darse cuenta por su voz que Joan estaba sonriendo cuando dijo— No, no lo hice. Pero lo haré. Seguramente lo haré tan pronto regresemos a casa. —Con el brazo que no tenía en la muleta, Joan se estiró y abrazó a Maryellen— Tienes ideas geniales, Ellie. Gracias.

Justo en ese momento, una rama pequeña se rompió en el oscuro bosque al lado del camino. Maryellen y Joan se detuvieron, se quedaron quietas y se abrazaron.

—Rápido, cantemos —dijo Joan.

—Estoy demasiado cansada —dijo Maryellen— Ni siquiera puedo pensar en una canción.

—Yo sí —dijo Joan. Con su voz un poco temblorosa, pero fuerte, empezó a cantar:

> *Come Chow-Chow*
> *para ser*
> *un cachorro*
> *muy feliz*

Hubo un crujido, otro crujido y algo se quebró. Algo se deslizaba hacia ellas a través de la maleza, acercándose cada vez más. Joan y Maryellen contuvieron la respiración, y el animal salvaje que las acechaba se apareció en el camino.

Era Scooter.

Ambas se agacharon a saludarlo:

—¡Scooter! —gritaron con alegría.

—¡Oh, estoy tan feliz de verte! —dijo Maryellen.

Joan incluso besó a Scooter en la nariz— ¿Dónde estuviste? —Lo reprendió— ¡Nos diste un gran susto!

Scooter permanecía tranquilo. Actuó como si causar

más emoción que los fuegos artificiales del cuatro de julio, fuera perfectamente normal para él. Bostezó mientras Joan utilizaba su muleta para moverse con dificultad, y gentilmente le permitió a Maryellen que lo cargara todo el camino de vuelta al campamento. Después de un rato, se quedó dormido y roncó en sus brazos.

Maryellen, Scooter y Joan llegaron a la Airstream poco antes que el resto de la familia regresara de ver los fuegos artificiales.

—¿Todo tranquilo en la fortaleza? —preguntó papá.

Maryellen y Joan levantaron sus cejas y se miraron.

—No exactamente —dijo Maryellen— Pero todo fue mi culpa —confesó— Lo que pasó...

Pero Joan la interrumpió:

—Les contaré lo que pasó —dijo volviendo a su buena y antigua forma de demostrar que estaba a cargo de las cosas.

Entonces Joan contó toda la historia de la desaparición de Scooter, resumiendo todo con la frase —Ellie es realmente una heroína. Fue valiente y supo exactamente qué hacer.

—¿Eso quiere decir que ayudarás a Ellie a cuidar de Scooter de ahora en adelante? —preguntó mamá con brillo en sus ojos.

—Eh, no —dijo Joan rápidamente— Es decir, no completamente. Pero hay algo que puedo hacer... ¡ayudarla a llamarlo para que venga a cenar!

Scooter aulló mientras toda la familia cantaba:

Come Chow-Chow
para ser
un cachorro
muy feliz

Grupos

l tobillo de Joan sanó rápidamente, y durante todo el camino a casa desde Wyoming hasta Florida, se mantuvo fiel a su promesa. Todas las noches ayudaba a Maryellen a llamar a Scooter a cenar, silbando armoniosamente, mientras Maryellen cantaba la canción de la comida para perros. A veces Joan le hacía un guiño a Maryellen mientras silbaba, como señal de respeto a la conversación que habían tenido en el bosque. Maryellen se sentía madura al ser la única que conocía las esperanzas, sueños y ambiciones secretas de Joan. Estaba encantada de tener ese vínculo especial con ella. ¡Hasta tenían su propio tema musical!

Sin embargo, hasta Maryellen estaba bastante cansada de la canción de la comida para perros, cuando por fin papá estacionó de regreso a casa. Todos salieron del coche sintiéndose tensos, sudorosos pero muy contentos de estar en casa.

—Hogar, dulce hogar —cantó mamá— ¡No hay lugar como el hogar! Oh, ¡cómo extrañé el espacio, la paz y la privacidad de nuestra maravillosa casa!

—¡Bienvenidos! —dijo la abuela, mientras daba un gran abrazo a Beverly, Tom y Mikey. El abuelo abrazó a Carolyn y a Maryellen.

Jerry estaba allí para darle la bienvenida a Joan. La levantó del suelo con un solo abrazo, uno que era sólo para ella.

—¿Me extrañaste? —preguntó él.

—Por supuesto —dijo Joan— ¡Oh, tengo tantas cosas que contarte!

Maryellen captó la mirada de Joan y sonrió.

—¿Cómo estuvo el viaje? —El abuelo le preguntó a Maryellen agitando un mapa en su mano— ¿Me puedes mostrar la ruta que tomaron?

—Me encantaría —dijo Maryellen.

—¿Usaste el cuaderno de bocetos que te di? —preguntó la abuela.

—Por supuesto —dijo Maryellen— No veo la hora de mostrarles todas las cosas voladoras que dibujé.

—Estoy contenta de que estés en casa, corazón —dijo la abuela.

—Yo también —dijo Maryellen.

—Yo también —dijo mamá. Puso las manos sobre sus caderas, inclinó su cabeza hacia la Airstream, y le dijo a papá con una exasperación un poco exagerada— Estoy contenta de estar aquí, incluso si tengo que soportar esta gigante nave espacial plateada estacionada en nuestra entrada. Siento como si estuviera viviendo en Cabo Cañaveral.

—Ay, cariño... —papá comenzó a hablar. Pero el abuelo interrumpió.

—Ven y cuéntame sobre los peces que atrapaste —le dijo a papá, y los dos salieron al jardín.

—Nunca había estado tan emocionada por mi primer día de clases —le dijo Maryellen a Davy unos días después, dando un brinco de felicidad mientras caminaban juntos hacia a escuela.

Su idea del cohete a propulsión le dio un gran empujón a su confianza. Estaba segura de que ahora, los Lanzadores la escucharían, y estarían impresionados con sus grandes ideas.

—¿Cuándo es la primera reunión del Club de

Ciencias? —preguntó.

—Es la semana que viene —dijo Davy— No te preocupes, no te perdiste de mucho en las reuniones de verano. La mayor parte del tiempo sólo habló Skip. Todavía no tenemos una buena idea para la máquina voladora.

—Yo sí —dijo Maryellen— Bueno, tengo parte de la idea.

—¿Qué es? —preguntó Davy.

Pero antes de que pudiera responder, Wayne los alcanzó haciendo un chillido con su bicicleta. La hélice en su gorra estaba girando de forma salvaje. Apretó fuertemente los frenos para hacer que su bicicleta derrapara de costado, justo frente a Maryellen, por lo que tuvo que detenerse de golpe.

—Cuidado, Wayne —le dijo.

—Saludos, terrícolas —dijo Wayne en una voz monótona, imitando a un robot.

Maryellen suspiraba. "Aquí vamos —pensó— otro año escolar con el chiflado de Wayne".

Maryellen le dijo a Davy:

—Te contaré mi idea después —No quería decir nada frente a Wayne porque seguramente él iba a divulgar su idea en el Club de Ciencias, antes de que ella tuviera la oportunidad de presentarla. Aunque era difícil no decirle a Davy. Sentía como si tuviera fuegos artificiales con cohetes a propulsión explotando en su interior. Y con optimismo esperaba que Davy compartiera su entusiasmo.

Antes de que comenzaran las clases, el Director Carey anunció por los altavoces que los nuevos alumnos de cuarto y quinto grado, se debían reunir en el auditorio.

Mientras Maryellen caminaba por el corredor y buscaba un asiento en el auditorio, no pudo evitar darse cuenta de que ya nadie le prestaba atención. Los niños no la miraban ni la señalaban diciendo entre ellos 'la niña que salió en el diario'. Al parecer durante el verano su fama había desaparecido. "No importa" —pensó Maryellen. Se sentó erguida, determinada a impresionarlos a todos de nuevo; esta vez sería la niña que sin ayuda alguna, llevó a los Lanzadores a ganar el Concurso de Ciencias con su fantástica idea.

Cuando los alumnos se reunieron, el Director Carey hizo un anuncio sorprendente.

—Nuestra escuela tiene tantos alumnos que está a punto de explotar —dijo— Así que para utilizar nuestro espacio de manera más eficiente, y para mejorar el rendimiento académico, ahora tendremos 'Grupos Especiales'. Algunos estudiantes serán retirados de sus salones principales y serán enviados a diferentes profesores para matemáticas e inglés.

Todos sabían que iban a ser separados por habilidad, y que los niños más listos compartirían los mismos grupos especiales. A medida que pasaba el día, las niñas descubrieron cómo quedaban los grupos: Ángela, que era una maga en matemáticas, estaba en el grupo de matemática superior, con Maryellen. Pero las Karens no.

Maryellen y Karen King estaban en el grupo superior de inglés, pero Karen Stohlman y Ángela no.

Cuando las niñas se reunieron en el almuerzo, Karen King levantó su caja de leche para hacer un brindis por Maryellen, diciendo:

—Ellie, felicitaciones por haber sido elegida en los mejores grupos especiales.

—Oh —dijo Maryellen— gracias.

Karen Stohlman suspiró.

—Me gustaba más cuando estábamos todas en la misma clase. Ahora que estamos en grupos diferentes, no nos veremos tanto como antes.

—¡Lo sé! —dijo Ángela— Eso no me gusta nada.

—Sí —dijo Karen King— Es difícil ser amigas si casi no nos vemos.

—Juntémonos en cada oportunidad que tengamos,

como en el almuerzo o en el recreo —dijo Ángela— Yo voy a ser una Niña Exploradora este año, por lo tanto vamos a estar juntas en las reuniones. Y nuestra nueva tutora, la Srta. Martínez, está comenzando un Club de Bastoneras. Podemos unirnos todas.

—¡Sí! ¡Buena idea! —dijeron las Karens.

Todas miraron a Maryellen.

—No creo que pueda unirme a nada más —dijo lentamente— Me acabo de unir al Club de Ciencias.

—Oh —dijo Ángela, un poco triste —Cierto.

—¿Qué pasaría si el Club de Ciencias se reúne al mismo tiempo que un grupo en el que estás desde hace mucho tiempo, como las Niñas Exploradoras? —preguntó Karen Stohlman— ¿Cuál elegirías?

—Bueno, yo, eh... —Maryellen no podía articular las palabras— Estoy muy emocionada con el concurso. Dibujé muchos bocetos durante el verano y tengo una muy buena idea para una máquina voladora. Entonces, supongo que... supongo que elegiría el Club de Ciencias.

Las amigas de Maryellen se quedaron calladas. El silencio era incómodo, acompañado por sentimientos heridos. Finalmente, Karen King, que tenía una habilidad para decir las cosas de forma clara, dijo:

—No te ofendas, Ellie, pero parece que es más importante para ti estar en el Club de Ciencias que ser nuestra amiga.

Karen Stohlman no se metió en la conversación, pero no estaba en desacuerdo. Ángela agregó veloz y dulcemente:

—No estamos enojadas, sólo tristes.

Maryellen se sintió muy mal. ¿Era egoísta de su parte herir y decepcionar a sus amigas? ¿Estaba mal que fuera por su cuenta? Envolvió lo que quedaba de su sándwich y lo guardó en la bolsa del almuerzo. Su garganta estaba tan tensa que no podía pasar otro bocado.

—Entonces, ¿qué vas a hacer? —preguntó Karen King.

—No lo sé —dijo Maryellen.

Aunque era un día muy caluroso, se sentía una brisa fresca en el aire.

—Bueno, no pasa nada —dijo Ángela, tratando de animar la situación—Al menos tenemos este momento para estar juntas. Traje una cuerda para saltar. Vayamos afuera y saltemos hasta que tengamos que ir a la próxima clase.

Maryellen aliviada por dejar de ser el centro de atención, tomó la delantera mientras las cuatro niñas arrojaban sus bolsas de almuerzo a la basura y se salían al patio.

¡Hagámoslo!

CAPÍTULO 11

Esa tarde, el aire era tan espeso, que se hacía muy difícil respirar. Por lo tanto, después de la escuela, Maryellen y Carolyn caminaron junto a los pequeños hasta la playa. Joan ya estaba allí, alojada cómodamente debajo de una sombrilla playera, leyendo.

—Hola, Joan —dijeron.

—Hola —respondió, sin levantar la vista de la lectura.

Los niños lanzaron sus toallas junto a Joan y se fueron corriendo estrepitosamente hacia la arena y el agua.

Maryellen se sumergió decididamente debajo de la primera ola que vio venir, y la escuchó tronar por encima de ella y romper detrás, sobre la orilla. Salió de debajo del agua, pestañeando en la luz resplandeciente que se reflejaba en el agua y sonrió. Como siempre, el océano la refrescaba. ¡Nadie podía tener calor o estar molesto o de malhumor o melancólico en el océano! Podía ver a

Carolyn jugando a salpicarse con Beverly, Tom y Mikey; estaban en a parte poco profunda y podía escucharlos reír y gritar con regocijo, mientras el agua les hacía cosquillas en las piernas.

Después de un rato, Maryellen volvió caminando lentamente hacia la playa, hasta llegar a la sombrilla de Joan, donde se desplomó en una de las toallas.

Joan despegó la vista del libro.

—¿Cómo fue tu primer día de clases?

—No fue tan bueno —dijo Maryellen.

—¿Y eso?— preguntó Joan.

—Bueno, las Karens y Ángela están ofendidas porque voy a ir al Club de Ciencias, lo que significa que no nos veremos mucho —Maryellen explicó.

—¿Por qué vas a ir al Club de Ciencias? —preguntó Joan— Pensé que tú eras la que decía que los niños de sexto grado eran muy molestos.

—Lo son—suspiró Maryellen— Pero me encanta la idea de poder inventar una máquina voladora.

—Bueno, yo creo que si amas algo tienes que aferrarte a eso y defenderlo —dijo Joan—. Si está bien para ti, entonces debes hacerlo. Aunque el resto de las personas no lo entiendan, o no esperen que hagas eso. Si es lo que quieres, hazlo.

✳ ¡Hagámoslo! ✳

—¿Así te sientes tú con la lectura? —Maryellen preguntó.

—Sí. Me encanta leer —dijo Joan, con un suspiro— Amo a los libros más que a nada.

—¿Más que a Jerry? —preguntó Maryellen, curiosa.

Joan contestó lentamente:

—Noooo...

—¿Es un empate? —preguntó Maryellen.

—Ajá —dijo Joan con una ligera preocupación, asintió— Me temo que lo es.

—¿Por qué tienes miedo? —preguntó Maryellen— No tienes que elegir entre Jerry y los libros. Puedes tener ambas cosas, ¿o no? ¿Ya hablaste con Jerry sobre el asunto de la universidad.

—Sí —dijo Joan— Él piensa que es una gran idea que yo vaya, algún día. Pero ahora, no podemos afrontar ese gasto. Mira, como Jerry estuvo en la Marina en la Guerra de Corea, él ha estado durmiendo en internados y tomando clases gratuitas. El Subsidio Educativo del Ex-Militar le paga a los veteranos para que vayan a la universidad. Pero los estudiantes casados tienen que vivir en alojamientos para alumnos casados, y aunque el alquiler es bajo y Jerry y yo vamos a trabajar medio tiempo, no podemos afrontar el gasto del alquiler y además mis estudios.

—Si tan sólo pudieras vivir en algún lugar que fuera gratis —dijo Carolyn, quien se unió a ellas debajo de la sombrilla y estaba ayudando a Mikey a secarse, mientras Beverly hacía lo mismo con Tom— Podrías vivir en nuestra casa, pero sería difícil debido a la cantidad de personas que hay. Algunos de nosotros tendríamos que dormir en la cochera.

—O en la carpa que llevamos a nuestro viaje —dijo Beverly.

—¡Oye! —dijo Maryellen, sorprendiendo con una de sus grandes ideas— ¿Que te parece la Airstream? ¡Tú y Jerry pueden vivir en la Airstream!

—¡No pagarán alquiler! —exclamó Carolyn— Eso es brillante.

—¡Me encantaría vivir en la Airstream! —dijo efusivamente Beverly.

—Yo también quiero vivir en la Airstream —dijo Tom.

—Yo también —dijo Mikey.

—Sólo piénsalo, Joan —dijo Maryellen con mucho entusiasmo— Podrías estacionar la Airstream en la universidad la mayor parte del tiempo, y cuando quieras viajar, y si papá no la usa, podrías engancharla al Hot Rod de

Jerry, ¡y a viajar! Podrías viajar a Massachusetts para ver dónde vivieron los autores que te gustan.

La cara de Joan se iluminó de esperanza momentáneamente, pero luego sacudió su cabeza.

—No, no —dijo sonando tristemente práctica— Es muy lindo de tu parte tener una idea tan alocada. Pero nunca funcionará. En primer lugar, ¿recuerdan lo que dijo mamá? La Airstream es algo muy costoso. ¿Qué pasaría si mamá y papá quisieran venderla?

—¿Estás bromeando? —dijo Maryellen— Papá no quiere venderla. A mamá le encantará sacar la Airstream, la 'gigante nave espacial plateada', como ella le dice, de la entrada. y papá estará contento si ella también lo está. Ustedes estarían haciéndoles un favor.

—Incluso si eso fuera verdad, es demasiado pedirle a mamá y a papá que nos dejen a cargo de la Airstream a Jerry y a mí —dijo Joan— especialmente con todos los gastos que traerá la boda. Mamá convirtió la boda en algo muy costoso, aunque Jerry y yo le dijimos que no queríamos una celebración con bombos y platillos. Pero mamá va a enviar las invitaciones mañana. Después de eso, no habrá vuelta atrás.

—Tú le diste a mamá el permiso para avanzar a toda

velocidad —dijo Maryellen.

—Lo sé— admitió Joan tristemente— Pero no creí que fuera a avanzar a tan alta velocidad y en una dirección tan distinta a la que teníamos en mente.

—¿Qué quieren ustedes? —preguntó Beverly siendo práctica.

—¿Además de no hacer infeliz a mamá? —preguntó Joan.

—Sí —dijeron las otras niñas.

—Dinos la verdad —insistió Maryellen.

Joan habló con sinceridad:

—La verdad es que me gustaría casarme en el jardín de la casa, sólo con nuestras familias alrededor. Nada grande ni elegante, nada que nos distraiga de lo que es realmente importante: la promesa que nos hacemos Jerry y yo de amarnos y cuidarnos para siempre —dijo sonriendo— Luego tendríamos una pequeña fiesta para celebrar.

—Pastel —dijo Mikey, feliz. Aunque un niño, él ya sabía lo que era importante en una fiesta.

—Oh, claro cariño —dijo Joan, dándole un ligero abrazo— ¡Por supuesto! Quizás también unas magdalenas, unos conos de helado y limonada.

Maryellen se paró y se sacudió la arena de las rodillas.

✳ ¡Hagámoslo! ✳

—Muy bien, entonces ¡hagámoslo! —dijo enérgicamente.

—¿Hagamos qué? —preguntó Joan.

—Tu boda —dijo Maryellen— El sábado es pasado mañana. Creo que podemos tener todo listo para entonces.

—No, lo que quise decir... pero... —Joan hablaba
incoherentemente— ¿Una boda sorpresa en el patio? No
puedo hacerle eso a mamá. ¡Estaría tan decepcionada!
Ella puso su corazón en hacer lo que considera una boda
perfecta.

—Mamá es mamá —dijo Carolyn— no es una tirana
vieja y malvada. Sólo quiere que seas feliz. Lo entenderá.

—Además, mamá tiene otros cinco hijos —señaló
Beverly— Por lo tanto tiene muchas oportunidades más
de organizar una boda perfecta.

—¿Tú no me acabaste de decir que si amas algo, tienes
que aferrarte a eso y defenderlo? —dijo Maryellen— ¿No me
dijiste que si estaba bien para ti, entonces debías hacerlo aun
si no tenía sentido para otras personas?

—Sí, pero... —comenzó Joan.

—Entonces tu boda no será de la forma en la que las
otras personas lo esperan —continuó Maryellen— Será
de la forma en la que tú y Jerry lo desean. Será perfecta

para ustedes.

—Supongo que sí —dijo Joan un poco confundida.

—¿Nosotras aún podemos usar nuestros vestidos de damas de honor? — preguntó Beverly.

—Por supuesto — dijo Joan.

—Y tu vestido ya casi está listo Joan, todo excepto el velo —dijo Carolyn.

—Puedes usar la corona que Ellie me hizo en la última Navidad —ofreció con gracia la reina Beverly.

—O un tutú en la cabeza, como hizo Wayne después del espectáculo de Ellie— bromeó Carolyn.

—Estaba pensando que quizás pueda usar sólo una flor —Joan se rió. Los miró a todos y se le dibujó una gran sonrisa. —¿Saben qué? Nunca nadie tuvo mejores hermanos y hermanas que yo. Están ayudando a que mis sueños se vuelvan realidad. ¡Millones de gracias, hermanos!

El día de la boda, Joan usó una gardenia color crema detrás de su oreja. Todos estuvieron de acuerdo en que Joan era la novia más hermosa que habían visto, y en que la boda de Joan y Jerry era la más hermosa y con mejor ambiente a la que habían ido. Jerry y el ministro estaban de pie bajo un gran árbol en el jardín de los Larkin. Beverly, Maryellen y Carolyn, usando sus elegantes vestidos de damas de honor que fueron finalizados por la Sra. Fenstermacher y por la abuela, caminaban hacia ellos por un sendero delineado por centenares de jazmines e hibiscos.

Carolyn tenía razón, obviamente mamá no era una tirana. Ella había escuchado lo que Joan quería y luego las dos se pusieron de acuerdo. Por ejemplo, mamá había cedido sobre no contratar un cuarteto de cuerdas porque Joan pensó que era demasiado elegante. Tom se ofreció a cantar: 'Aquí viene la novia, toda vestida de blanco, se paró sobre una tortuga y se le cayó la faja'. Por suerte, en la ceremonia Carolyn tocó el piano, de una forma muy dulce y suave, desde el interior de la casa. La música era envolvente y flotaba desde la puerta abierta junto a una brisa agradable mientras Joan y papá caminaban hacia Jerry y el ministro, que estaban de pie iluminados por bajo los débiles rayos de sol. Mamá los acompañaba por el sendero a petición de Joan. Maryellen pensó que Jerry se veía tan apuesto como una estrella de cine en su uniforme blanco de la Marina, y no parecía serio o formal, ¡tenía una sonrisa enorme!

Después de la ceremonia, todos los invitados recibieron globos, papalotes y abanicos blancos de papel, así como flores blancas hechas también de papel china. Comieron pastel (mamá insistió en hacer un pastel tradicional de varias capas), conos de helado (idea de Joan) y fresas en palillos. Los niños hicieron volar sus cometas corriendo y riendo por el jardín, observados mas no perseguidos por Scooter, que estaba a punto de dormir una siesta a la sombra. Un rato después, Mikey se durmió con manchas de glaseado sobre su rostro. Beverly y Tom estaban como locos inflando y soltando globos para que salieran volando de forma alocada, haciendo un ruido un poco irritante al desinflarse: pfffff.

La abuela y el abuelo se sentaron en el jardín con mamá, papá y los padres de Jerry, que habían venido desde St. Augustine. Se abanicaban con los abanicos de papel y tomaban limonada.

—Esto —le dijo Joan a Maryellen mientras analizaba la escena— es exactamente lo que quería.

En ese momento, un globo que se desinflaba pasó volando sobre el jardín, haciendo ese ruido característico, y aterrizó en la limonada de papá. Joan y Maryellen se rieron.

✳ ¡Hagámoslo! ✳

Joan y Jerry se fueron en el Hot Rod con la Airstream enganchada detrás de ellos. La luna de miel sólo iba a ser por el fin de semana, porque Joan tenía una entrevista el lunes en la oficina de admisiones de la universidad para ver si podía inscribirse en enero. Pero a pesar de que la luna de miel iba a ser corta, Maryellen, Carolyn y Beverly habían decorado de forma detallada la parte trasera de la Airstream con un cartel que decía 'RECIÉN CASADOS' y varios hilos sujetando zapatos viejos y latas, atados al parachoques.

—Adiós, adiós —dijeron todos, y Joan y Jerry se fueron en una lluvia de pétalos de flores. Papá abrazó a mamá, que estaba a punto de llorar.

—Oh, cariño —dijo papá consolándola—no estés triste. Los niños crecen. Eso es lo que hacen.

—No estoy triste —dijo mamá—Estoy llorando de emoción ¡porque al fin pudimos quitar esa nave espacial de nuestra entrada!

Pero mientras mamá se secaba las lágrimas con un pequeño pañuelo, Maryellen pudo notar que eso era una verdad a medias. Ella entendía. Su propio corazón estaba feliz por Joan, pero triste por cómo sería la casa sin su presencia. Se iba a sentir un vacío. Aunque Joan y Jerry estarían cerca y habría muchas visitas, nada volvería a ser lo mismo.

Maryellen alza el vuelo

l día siguiente, la temporada de lluvias de septiembre en Florida comenzó con una determinación implacable. La lluvia era tan fuerte y constante, que las gotas parecían formar una gruesa cortina.

—Gracias a Dios que no llovió así ayer —dijo mamá— Habríamos tenido que hacer la boda en la cochera.

En un rincón seco de la cochera había una caja con algunas cosas sobrantes de la boda. Nadie sentía el valor suficiente como para tirarlas. Había papalotes, globos sin inflar, abanicos arrugados, una caja de palillos medio vacía y flores de papel china medio arrugadas.

Aún estaban allí a la mañana siguiente, cuando Davy llegó para acompañar a Maryellen hasta la escuela, bajo la lluvia torrencial.

—Ojalá no tuviera que ir a la escuela hoy —dijo Maryellen poniéndose las botas.

—¿Por la lluvia? —preguntó Davy.

—No, porque me pone muy nerviosa tener que encontrarme con las Karens y con Ángela —explicó Maryellen— La semana pasada tuvimos una conversación un poco incómoda.

Normalmente, Maryellen habría deseado con todo su corazón llegar a la escuela para ir corriendo a buscar a sus amigas y contarles todos los detalles de la boda de Joan. Pero ese día deseaba tener fiebre, o gruesas paperas abultadas o un rojo sarpullido que convenciera a mamá de que debía quedarse en casa. Pero estaba perfectamente bien, excepto por el apretado nudo que sentía en el estómago por tener que enfrentar a sus amigas. Tras la difícil conversación del jueves, se habían evitado las unas a las otras durante el viernes. "¿Todavía estarán enojadas? —se preguntó Maryellen. Abrió su paraguas, y lo ladeó un poco contra el viento que se arremolinaba a su alrededor. No había otra alternativa que ir a averiguarlo.

Debido a la lluvia, los estudiantes se reunieron en el gimnasio antes del inicio de las clases, en vez de esperar en el patio como hacían siempre. En el gimnasio hacía calor, Maryellen se desabrochó el impermeable y lo dobló sobre su brazo.

—Buena idea —dijo Ángela, apareciendo a su lado junto a las dos Karens.

—Sí —estuvo de acuerdo Karen King— Me siento como una langosta al vapor.

Las niñas sonrieron, intercambiando miradas con un poco de pena, hasta que finalmente, Karen Stohlman dijo:

—Escucha Ellie, estamos muy arrepentidas por haber sido tan bruscas la semana pasada.

—Sí —dijo Ángela— Especialmente si no nos vamos a ver mucho este año, necesitamos sacar el máximo provecho del tiempo que pasemos juntas, ¿no les parece?

—Correcto —dijeron las Karens y Maryellen.

—¡Ey! —dijo Ángela— Escuché que tu hermana celebró una boda sorpresa el sábado.

—Sí, es verdad —dijo Maryellen— Fue en nuestro jardín.

—Oh, creo que es la idea más romántica que he escuchado —dijo Karen Stohlman— Yo haré lo mismo cuando me case.

—Cuéntanos todos los detalles —suplicó Karen King.

Para el momento en el que Maryellen había terminado de describir todos los detalles de la boda, era hora de entrar al salón. Las niñas tomaron cada una su camino, rumbo a clases separadas. Mientras se despedía de sus amigas, Maryellen se sintió tan aliviada de que hubieran aclarado las diferencias de forma tan sencilla que, para hacerlas reír, comenzó a cantar y bailar, saltando con su paraguas. La canción era parte de la película 'Cantando bajo la lluvia', una de sus películas favoritas de Debbie Reynolds.

Más tarde, cuando se reunieron para almorzar, tuvieron un momento un poco incómodo cuando las Karens y Ángela hablaron sobre la reunión de Niñas Exploradoras que tendrían esa tarde después de la escuela.

—¿Se te olvidó ponerte el uniforme de Niña Exploradora, Ellie? —preguntó Karen King. Ángela le dio un disimulado codazo y frunció el ceño.

—Ah, cierto —reaccionó Karen rápidamente—
Hoy te reúnes con el Club de Ciencias. Lo había
olvidado. Bueno, será divertido.

—Espero que sí —dijo Maryellen—De todas
maneras, gracias por no seguir enojadas conmigo por
ese asunto.

—Bueno —dijo Karen Stohlman con tono filosó-
fico— ahora estamos en quinto grado. Somos más
maduras de lo que éramos en cuarto grado, por lo
tanto sabemos que es una pérdida de tiempo ponerse
a pelear.

—Exacto —dijo Karen King— Además nos permitió entender que a todas nos gusta hacer cosas
diferentes. Pero, siempre y cuando una de las cosas
que nos guste hacer sea estar juntas, lo demás no
importa, ¿cierto?

—¡Cierto! —exclamaron las cuatro. Maryellen
estaba de acuerdo con todo su corazón.

✳

Maryellen se dio cuenta inmediatamente de que
Davy tenía razón: no se había perdido de mucho por
faltar a las reuniones del Club de Ciencias durante el

verano. La única novedad era que las otras dos niñas
habían abandonado el grupo. Cuando los Lanzadores
de Sexto Grado se reunieron en el salón del Sr.
Hagopian, comenzaron a hablar todos al mismo
tiempo, lanzando sus ideas, los unos a los otros,
como si las ideas fueran misiles. El Sr. Hagopian
los miró, pero estaba demasiado ocupado con otro
equipo como para pedirles a los Lanzadores que se
calmaran.

—¡Hey! —dijo Maryellen a sus compañeros.

Todos la ignoraron.

Maryellen golpeó el escritorio con su cuaderno de
bocetos.

—¡Heeey! —dijo nuevamente. Esta vez todos deja-
ron de hablar y la miraron— El concurso es en dos
semanas. ¿No creen que deberíamos pensar un plan?

—Ya tenemos un plan —dijo Skip, fanfarrone-
ando— Mi plan.

Desplegó sobre el escritorio un pedazo de papel
arrugado. Estaba cubierto con bocetos borroneados y
confusos.

—Bueno, incluso si tu plan es bueno —dijo
Davy— también deberíamos tener en cuenta las ideas

de los demás.

—Davy tiene razón —dijo Maryellen—Tenemos que escuchar las ideas de todos.

—Nop. Es una pérdida de tiempo —dijo Skip.

—No puedes imponerte y forzarnos a que sigamos tu plan, Skip —dijo Maryellen. Recordó cómo mamá y Joan se habían escuchado la una a la otra con respeto, y después habían negociado para que la boda fuera lo que las dos soñaban— Tal vez la mejor idea sea la combinación de muchas ideas distintas.

Pero a diferencia de mamá, Skip era un tirano.

—¿Y a ti quién te preguntó? —dijo.

Maryellen se ruborizó.

—Soy un miembro del equipo —le respondió.

—¿Ah, sí? Pues nunca te vi en nuestras reuniones durante el verano. Deberíamos descalificarte sólo por eso, enana —dijo uno de los amigos de Skip.

—En las reglas no dice nada sobre asistir a todas las reuniones —dijo Maryellen— Las reglas...

—Habla todo lo que quieras —interrumpió Skip— Pero nosotros ya tenemos aquí el plan para hacer la máquina voladora más rápida.

Alisó el papel en el que estaba el plan.

✳ Maryellen alza el vuelo ✳

Con una rápida ojeada al plan de Skip, Maryellen pudo ver que la máquina voladora se desplazaba paralela al piso a lo largo de una cuerda guía entre dos postes. Parecía un avión inspirado en una balsa de madera común, accionado por una bandita elástica enrollada que hacía girar una hélice como la que tenía Wayne en su gorra.

—Construyamos esto y dejemos de discutir sobre las reglas —se quejó un niño alto.

—¿Alguien leyó las reglas? —preguntó Maryellen, sacando el papel con las reglas de su cuaderno de bocetos— No creo, porque si lo hubieran hecho, sabrían que el concurso no es una carrera. No tiene nada que ver con la velocidad. Es una cuestión de tiempo. La máquina voladora que se mantenga más tiempo en el aire es la que gana.

Todos los Lanzadores de Sexto Grado, excepto Davy y Maryellen, miraron el papel que tenía en sus manos. Luego fruncieron el ceño y comenzaron a murmurar entre ellos.

—Llevo todo el verano diciéndoles —replicó Davy—pero ustedes no escuchan.

—Dame eso —dijo Skip, arrebatándole el papel

a Maryellen. Después de leerlo, lo hizo una bola y lo tiró al suelo, se cruzó de brazos a la altura del pecho, y dijo—: ¿Y entonces cuál es tu brillante idea, sabelotodo?

Todos se quedaron viendo a Maryellen. Excepto Davy, todos compartían una expresión de duda y desconfianza en sus rostros.

—Miren —dijo ella— Sostuvo en el aire su cuaderno para mostrarles a los Lanzadores los bocetos de los fuegos artificiales que había hecho.

—Cuando estaba de vacaciones, vi fuegos artificiales y noté que los que más aguantaban en el aire eran los que explotaban en etapas. Cada explosión elevaba a la parte siguiente más alto. Por lo tanto, mi idea es usar cohetes a propulsión que eleven las distintas partes de nuestra máquina voladora.

—¿Y cómo se conectarán las partes? —preguntó un niño.

—Bueno, no lo sé —dijo Maryellen— Pero...

—¿Y cómo se van a desconectar en cada fase de explosión? ¿Cómo haremos que se desconecten en el momento adecuado? —preguntó otro niño.

—No lo sé —dijo Maryellen de nuevo— Yo...

—¿Qué energía usaremos para que pueda elevarse en primer lugar? —preguntó otro niño.

—Todavía no estoy segura —dijo Maryellen— Pensé que la idea era que discutiéramos las cosas juntos, como equipo. Pero se me ocurre que quizá podríamos usar agua. Ya saben, como el agua que sale de una de esas pistolas de juguete.

—¿Una pistola de agua? —varios niños preguntaron con incredulidad. Otros comenzaron a reír a carcajadas, como si Maryellen hubiera dicho algo asombrosamente ridículo.

Skip hizo una mueca son su labio inferior y resopló.

—En primer lugar, disparar algo hacia arriba con agua nunca funcionaría —dijo contando con sus dedos— Segundo, tu idea de etapas y propulsores apesta. Tercero, no necesitamos que una enana de cuarto grado nos diga lo que tenemos que hacer. ¿Te queda claro?

Maryellen sintió cómo una oleada de ira le subía por la espalda. Recordó la historia de mamá sobre cómo había tenido que dejar su trabajo en la fábrica de aviones, porque sus ideas no eran respetadas;

y recordó también que Joan le había dicho que tenía que defender lo que amaba y aferrarse a eso. Maryellen pensó que a veces, esa lógica podía funcionar al revés: a veces uno se debe aferrar a lo que odia para poder defender lo que ama.

Sin decir una palabra, cerró su cuaderno de bocetos, juntó sus cosas y se dispuso a marcharse. Mientras se levantaba, Davy hizo lo mismo.

—Oye Skip —dijo Davy burlándose de cómo Skip había contado con los dedos— Primero, eres un abusón. Segundo, la idea de etapas de Ellie no apesta. Tercero, estamos en quinto grado y no necesitamos que un niño creído de sexto grado nos diga lo que tenemos que hacer. ¿Te queda claro?

—¡Eso!— dijo Wayne. Hizo girar la hélice de su gorra, y luego él y Davy siguieron a Maryellen hacia la salida.

Los amigos voladores

Todavía estaba lloviendo, así que Maryellen y sus amigas estaban el en gimnasio de la escuela. Les estaba contando a sus amigas que Davy, Wayne y ella habían decidido abandonar el equipo de los Lanzadores.

—¿Hiciste un berrinche y gritaste como cuando quisiste cancelar el espectáculo de la polio en tu fiesta de cumpleaños? —preguntó Karen King— ¿Saliste furiosa del salón del Sr. Hagopian y azotaste la puerta?

—No —dijo Maryellen, sonrojándose un poco. Sintió vergüenza al recordar el berrinche que había hecho cuando se enojó por el evento de la polio. Lo que había aprendido de esa experiencia era que tenía que defenderse sin hacer un drama.

—Davy y Wayne fueron los que dijeron lo que pensaban, pero yo renuncié discretamente —dijo Maryellen.

—Cambiaste de parecer sobre cancelar el evento de la polio —dijo Ángela—¿Crees que también podrías cambiar de opinión esta vez y regresar al equipo de los Lanzadores?

—No —dijo Maryellen convencida. Recordaba cómo los niños más grandes se habían burlado de ella y cómo Skip la había despreciado por ser menor y peor aun, por ser niña.

—Estabas tan entusiasmada con crear tu máquina voladora —dijo Karen Stohlman amablemente— Dibujaste todos esos bocetos en tu cuaderno. Es una pena desperdiciar todo ese trabajo. ¿En las reglas dice que tienes que estar en un equipo? Quiero decir, ¿no puedes hacer una máquina voladora y participar en el concurso tú sola?

—¡Volar con tus propis alas! —exclamó Karen King.

—No creo que vaya en contra de las reglas —dijo Maryellen— pero tampoco creo que pueda hacer la máquina voladora yo sola. Necesito ayuda. Ni siquiera tengo una idea completa todavía. Y además también necesitaría ayuda para volar la máquina en el concurso.

—Nosotras te ayudaremos —dijo Ángela inmediatamente.

—¿De verdad? —preguntó Maryellen.

—¡Claro que sí! —dijo Karen King— Aunque no estemos tan interesadas en las máquinas voladoras, tú eres nuestra amiga y si quieres hacer esto, entonces nosotras también queremos. Las cuatro haremos nuestro propio equipo.

—Y apuesto a que Davy nos ayudará si se lo pedimos —dijo Karen Stohlman.

—También deberíamos decirle a Wayne —dijo Maryellen— Después de todo, él me defendió.

—Way-ay-ay-ne —susurró Karen Stohlman. Las cuatro pusieron sus ojos en blanco al pensar que tendrían que trabajar con Wayne.

—Estamos tratando de hacer una cosa que vuele, ¿no? —dijo Maryellen, sintiéndose emocionada— Entonces quizá sería útil tener a Wayne en nuestro equipo. ¡Tiene cerebro de mosquito! ¿Me entienden?

Las niñas se rieron y agitaron sus brazos pretendiendo tener alas mientras se dirigían a clase.

En el almuerzo, Karen Stohlman informó que le había preguntado al Sr. Hagopian si podían formar un nuevo equipo y si aún podían ingresar al concurso, y el Sr. Hagopian le había dicho que sí. Maryellen comentó que ya había invitado a Davy y a Wayne para que se unieran al equipo y ellos habían contestado que sí enseguida.

—Podríamos llamar a nuestro equipo las Estrellas Fugaces —sugirió Karen King.

—O los Ángeles Voladores —dijo Ángela— o los Bellos Amigos Voladores con Plumas.

—O Enderezar y Volar a la Derecha —dijo Maryellen, inspirándose en una de las canciones favoritas de mamá y papá del cantante Nat King Cole.

—¿Y qué les parece los Aviadores de Quinto Grado? —dijo Karen Stohlman.

—Todos estos nombres son buenos —dijo Maryellen, que estaba decidida a ser una líder totalmente distinta a Skip y respetar las ideas de todos— pero si aún no tenemos un favorito, quizá deberíamos esperar y ver si podemos pensar en algo mejor. Quizá tengamos una idea cuando veamos cómo va a ser nuestra máquina. ¿Les parece bien?

—Sí —asintieron las niñas.

Por lo tanto, cuando se reunieron en la cochera de los Larkin el sábado por la tarde, eran un equipo sin nombre. Como era de esperarse, Mikey, Tom, Beverly y Scooter salieron a ver qué era lo que estaba pasando. Scooter se fue a dormir y los pequeños perdieron interés rápidamente en la conversación del equipo y se pusieron a revolver la caja de sobras de la boda. Mikey, creía que estaban en otra boda y les entregó a todos una flor de papel china, un papalote o un abanico. Beverly y Tom encontraron una bolsa de globos, los inflaron y luego los soltaron para que volaran descontroladamente e hicieran el mismo ruido estruendoso que habían hecho en la boda de Joan: Pffffff.

Wayne estaba fascinado con lo que hacían los pequeños y abandonó la reunión del equipo para unirse a Beverly y a Tom. Como Wayne era más grande que ellos, podía inflar su globo para que fuera más grande y que voloara por más tiempo. El ruido brusco que hizo el globo de Wayne fue más fuerte y más molesto que los de Beverly y Tom, sobre todo cuando utilizó un globo alargado que parecia el cuerpo de un perro salchicha.

Cuando uno de los ruidosos globos de Wayne golpeó a Karen en la frente, ella dijo: —Deja de hacer eso, Wayne.

En ese momento Maryellen se dió una palmadita en la frente.

—¡Eso es, un globo! El aire saliendo de un globo que se desinfla proporcionará la potencia para elevar nuestra máquina voladora.

Davy miró el papalote y la flor de papel que Mikey le había dado.

—Tal vez podríamos hacer un pequeño papalote con papel china y palillos y unirlo al globo.

—Y cuando el globo pierda todo su aire, el papalote seguirá volando por un momento más —añadió Karen Stohlman— así nuestra máquina permanecerá volando durante más tiempo.

—Bueno —dijo Karen King, que nunca dejaba que el entusiasmo le ganara a la crítica constructiva —no creo que un globo tenga la fuerza suficiente para hacer que un pequeño papalote se eleve mucho.

Todos tenían que admitir que esto probablemente era cierto.

—Entonces, ¿qué les parece si usamos más de un globo? —preguntó Ángela— ¿Tal vez dos?

—Buena idea —dijo Maryellen, refrescándose con el abanico de papel china que Mikey le había dado. El abanico estaba hecho de papel plegado y se mantenía unido en la parte inferior por una bandita elástica.

Wayne sorprendió a todos cuando dio su opinión.

—A mí me gusta mucho la idea de Ellie acerca de usar cohetes a propulsión —dijo.

—Gracias, Wayne —dijo Maryellen, que dibujaba un boceto mientras continuaba hablando— Bueno, entonces, qué les parece si inflamos tres globos. Unimos el papalote al globo del centro. Cerramos los globos de los lados con un clip y utilizamos una bandita elástica para cerrar el globo del centro y unirlo con los globos de los costados. Y cuando estemos listos para el lanzamiento, quitamos el clip de los dos globos y entonces despegará. Cuando se desinflen, la banda elástica se caerá, entonces el globo del centro continuará con el vuelo. Cuando comience a descender, el papalote caerá lentamente, como lo haría un paracaídas.

Todos se amontonaron para ver el boceto de Maryellen. Por un rato, nadie dijo nada y ella contuvo su respiración con nerviosismo y esperanza.

Finalmente, Davy dijo: —Ya entiendo. Los globos de los lados son la primera fase, el globo del centro es la segunda fase y el papalote es la tercera fase. Incluso aunque sólo se deslice, vamos a intentarlo.

—Buen trabajo, Ellie —dijo Karen Stohlman,

dándole un golpecito en el hombro a Maryellen.

—Oh —dijo Maryellen—puede ser que yo haya dibujado los bocetos, pero todos aportaron las ideas. Todo nosotros hicimos un buen trabajo.

—Somos un buen equipo —dijo Karen King— Realmente deberíamos tener un nombre.

—¿Qué les parece los Globos Chiflados? —sugirió Davy.

—¡Eso es! —dijeron las Karens, Ángela y Wayne, que celebraba lanzando otro escandaloso globo por los aires.

—Mis labios están dormidos —se quejó Karen Stohlman— Creo que debo haber inflado como un millón de globos.

—Wayne, si me vuelves a lanzar una bandita elástica más, la usaré para atarte las manos —le advirtió Karen King.

Wayne metió dos palillos en su boca como si fueran colmillos y aulló como un lobo.

Ya había pasado una semana, y los Globos Chiflados estaban reunidos en la cochera de los Larkin. Pronto se habían dado cuenta de que un boceto hecho en papel y construir una máquina voladora que realmente funcionara eran dos cosas muy diferentes. Algunas veces los globos explotaban, o el papalote se caía, o la bandita elástica estaba demasiado ajustada, o los clips estaban demasiado flojos.

Trabajaron toda la tarde. Ángela tenía una paciencia infinita para pegar el papel china en los palillos para hacer pequeños papalotes, y Davy era el mejor uniéndolos a los globos. Aunque no dejara de quejarse, Karen Stohlman infló un globo tras otro. Karen King era realmente buena para detectar problemas y señalar los errores. Cuando se terminaban los clips metálicos y el pegamento, Wayne salía disparado en su bicicleta a conseguirlos. Y cuando todos estaban cansados, desanimados y a punto de renunciar e irse a sus casas, Maryellen los animaba y los hacía reír arrojando restos de papel china blanco al aire y como si fuera nieve.

Ya era casi la hora de la cena, y el equipo se sentía seguro de haber encontrado la clave para armar una máquina voladora de tres fases, impulsada por globos y un papalote de papel china que funcionara. El piso de la cochera estaba repleto de globos y palillos. Había pedazos de papel china blanco por todos lados. Pero después de horas y horas de experimentar, hacer mejoras y tratar una y otra vez, el equipo estaba preparado para el concurso, que se iba a realizar el sábado.

—Creo que estamos listos —dijo Maryellen con optimismo.

—Bien, estamos lo más listos que podemos estar —dijo Karen King—Vuele o no vuele.

Nadie podía contradecir esa declaración, incluso aunque no fuera el pensamiento más optimista del mundo.

Lo más importante

l día del Concurso de Ciencias estaba soleado y despejado. El patio se sentía esponjoso bajo los pies después de todo lo que había llovido, pero el cielo estaba azul. Los Globos Chiflados estaban parados en grupo y guardaban silencio, mirando al resto de los equipos alineados en el campo mientras preparaban sus impresionantes máquinas voladoras. Davy rompió el silencio y habló por todo el equipo cuando dijo con verdadera preocupación:

—Oh por Dios.

—Sí... —dijo Karen King—No sabía que competiríamos contra naves espaciales. Por el amor de Dios, algunas parece que podrían ¡volar hasta la luna!

—Vamos —dijo Maryellen con determinación— Vamos a prepararnos.

Guió a sus amigos para que se acomodaran lo

más lejos posible del equipo de los Lanzadores de Sexto Grado, que estaban del otro lado del patio. Pero a pesar de la distancia, Maryellen y su equipo podían ver y escuchar a los Lanzadores discutiendo, como siempre, todos hablando a la vez y ninguno escuchando lo que el otro decía.

Los Globos Chiflados se sentían más animados al ver que los Lanzadores todavía eran un equipo desorganizado, así que empezaron a preparar sus globos con un entusiasmo renovado.

—Nuestra máquina puede no funcionar mejor que la de ellos —dijo Ángela— pero nuestro equipo seguro que sí.

Afortunadamente Ángela se equivocaba. La máquina voladora impulsada por unos globos y un papalote de papel china, funcionó mejor que el avión impulsado por una bandita elástica del equipo de los Lanzadores. Cuando Davy quitó los clips, los dos globos propulsores elevaron sin ningún esfuerzo al globo del medio muy alto en el cielo.

Maryellen inclinó la cabeza hacia atrás y se cubrió los ojos del sol. Sintió que su corazón también estaba volando. Cuando los globos propulsores se desinflaron, y el globo del medio despegó, los Globos Chiflados gritaron de alegría. Pronto el globo del medio se quedó sin aire y comenzó a planear hacia tierra, pero el pequeño papalote unido a él disminuyó su caída, de manera que descendió en forma de espiral flotando suavemente hasta aterrizar en el césped con un susurro. Wayne corrió a recogerlo del suelo y lo sostuvo sobre su cabeza. La multitud aclamó enérgicamente. Maryellen se dio cuenta con satisfacción de que el equipo de los Lanzadores aplaudió, incluso Skip, aunque aplaudía en cámara lenta.

Los Globos Chiflados no ganaron el concurso; un equipo de otra escuela ganó con un cohete de casi un metro de largo, impulsado por gasolina. Pero la multitud aclamó de nuevo y esta vez más fuerte, cuando el Sr. Hagopian anunció:

—Los jueces han decidido dar un premio especial por creatividad a... —hizo una pausa y luego le sonrió al equipo de Maryellen— ¡los Globos Chiflados!

Maryellen estaba tan sorprendida que se quedó de pie y con la boca abierta mientras las Karens y Ángela la abrazaban con tanta fuerza que, si hubiese sido un globo, hubiera explotado. Davy gritó:

—¡Hurra!

Y Wayne dio volteretas, logrando que la multitud los aclamara aun más.

—¡Buen trabajo!— dijo el Sr. Hagopian, felicitando al equipo de Maryellen después de que los aplausos terminaron.

—Gracias —dijo Maryellen, todavía un poco sorprendida— Ni siquiera sabía que había un premio a la creatividad.

—No había —dijo sonriendo el Sr. Hagopian, su calva se veía más rosada y brillante de lo normal— Lo inventamos en el momento, sólo para tu equipo. Porque consideramos que fue muy inteligente inventar una máquina con varias etapas. Y nos impresionó la creatividad con la que construyeron la máquina usando materiales tan comunes.

—Fueron cosas que sobraron de la boda de mi hermana Joan —dijo Maryellen.

—Pues fue muy creativo que resolvieran cómo unir todos esos materiales para hacer una máquina voladora —dijo el Sr. Hagopian.

Algunos reporteros y fotógrafos vinieron para entrevistar al Sr. Hagopian. Maryellen y su equipo se quedaron en silencio viendo cómo un reportero le hacía preguntas al Sr. Hagopian acercando a su boca un micrófono para que respondiera, mientras una cámara de televisión zumbaba filmándolo todo.

Cuando terminaron de entrevistar al Sr. Hagopian, uno de los fotógrafos del diario le dijo a Maryellen:

—¡Hey!, me acuerdo de ti. ¿No eres la niña que fotografié en el desfile del Día de la Memoria, cuando paseaba en coche con el alcalde?

—Sí —dijo Maryellen. De repente se dio cuenta de que la cámara de televisión la estaba enfocando a ella, y el reportero sostenía su micrófono arriba para captar lo que ella decía.

—¿Cuál es tu nombre, señorita? —preguntó el reportero— ¿Y por qué estuviste en el desfile?

Maryellen vaciló tímidamente.

—¡Es Maryellen Larkin! —dijo Karen Stohlman.

—Estuvo en el desfile porque montó un espectáculo para recaudar dinero para la Marcha de los Diez Centavos que lucha contra la polio —agregó Karen King.

—Todos nosotros fuimos estrellas del espectáculo —dijo Wayne, robando cámara— pero principalmente yo.

—¿Por qué están todos aquí hoy? —preguntó el reportero.

Davy habló:

—Participamos en el Concurso de la Máquina Voladora —dijo— Gracias a Ellie, ganamos una mención especial a la creatividad.

—Y si hubiera un premio por habernos divertido muchísimo, ¡también lo hubiéramos ganado! —dijo Ángela.

Todos los Globos Chiflados sonrieron.

—Entonces, señorita Maryellen Larkin —dijo el reportero— Usted es una niña con buenas ideas para hacer máquinas voladoras y para ayudar a la gente. ¿Cuál es la lección más importante que aprendió de este concurso?

Le puso el micrófono directamente a Maryellen, así que tuvo que contestar sola. Pensó durante un momento.

—Bueno, inventamos nuestra máquina voladora con cosas sencillas como globos y banditas elásticas; no con los materiales que se esperarían de una máquina voladora —dijo ella— Pero cada parte fue igual de importante. Cada parte tuvo un papel importante para lograr que la máquina volara —agregó sonriendo— Y así fue también con los Globos Chiflados. Nuestro equipo estaba conformado por personas diferentes que son buenas para hacer cosas diferentes. Pero cada uno fue igual de importante, porque para hacer que la máquina volara, necesitamos de todas esas cosas diferentes. No habría funcionado si no hubiéramos estado todos.

Maryellen hizo una pausa y miró al buenazo de Davy, a sus divertidas y fieles amigas; las Karens y Ángela, y a Wayne el chiflado. Luego continuó:

—Creo que lo que aprendí es que lo diferente es bueno. Sólo porque una idea no es lo que la gente espera, no debe ser descartada. En realidad las mejores ideas llegan cuando uno no está tratando de ser como los demás.

—¡Ah! —dijo el reportero— Entiendo. Lo que dices es que cada uno de nosotros es un individuo, y contribuimos con nuestras habilidades únicas para beneficio de un grupo. ¿Entonces lo más importante que un equipo necesita para tener éxito es...?

—Escuchar —dijo Maryellen inmediatamente—

Escucharse los unos a los otros. Porque cada idea merece respeto, y cada persona también.

✳

Esa tarde los Larkin estaban en la sala viendo televisión, y festejaron cuando empezaron las noticias locales. Luego hicieron silencio cuando el segmento acerca del Concurso de Ciencias comenzó. Primero el reportero entrevistó a los ganadores del concurso, y ellos explicaron cómo funcionaba su cohete. Luego el Sr. Hagopian apareció, hablando de lo importante que había sido que niños estadounidenses hubieran competido con niños de otros países. Después el reportero dijo:

—Ahora, me gustaría que conozcan a esta niña de quinto grado, que realmente es especial y única. La señorita Maryellen Larkin.

Y allí estaba Maryellen, en televisión, justo en su propia sala, y en las salas de toda Florida.

Mientras Maryellen, rodeada por su familia, se veía en la televisión junto a sus amigos (las Karens, Ángela, Davy, y Wayne), apenas podía creer que fuera real. ¡Cuánto tiempo había soñado estar en televisión! Pero mientras se veía, Maryellen se dio cuenta de que este momento era mejor de lo que había soñado durante tanto tiempo; porque lo bueno era que estaba en televisión siendo ella misma.

No era un personaje imaginario en un episodio imaginario de una aventura imaginaria. No era una vaquera galopando por la cordillera, o una pionera ayudando a Davy Crockett. Era ella, en todo el esplendor de su verdadero ser. Y era precisamente esa la razón por la que estaba en la TV. Porque había sido fiel a quien era en realidad: la especial y única, Maryellen Larkin.

EL MUNDO DE Maryellen

La idea de Maryellen de hacer un evento sobre la polio para su cumpleaños, podría parecer extraña hoy, pero en 1954 la polio era un asunto importante. Las familias le temían a la polio tanto como a la bomba atómica. Esta enfermedad atacaba principalmente a los niños, y a menudo empezaba con un simple resfriado. Pero llegaba a ser tan larga y tortuosa, que meses después las víctimas podían quedar paralizadas, o fallecer. Como no había cura, los pacientes permanecían en áreas aisladas, lejos de sus seres queridos, hasta que se recuperaban. Es por esto que Maryellen recordaba su enfermedad como un momento oscuro y aterrador. Cuando se anunció que la nueva vacuna era efectiva y segura, la gente lloraba de alegría mientras las campanas de las iglesias y las bocinas de los coches sonaban en señal de celebración. Sin embargo, algunos padres temían que la vacuna fuera un peligro puesto que introducía parte del virus. Los doctores y las organizaciones de salud trabajaron duro para promover la vacunación, obteniendo un gran éxito. Desde 1980 no se registran casos de polio en Los Estados Unidos.

Los años cincuenta además trajeron otros avances científicos que cambiaron el mundo. En otoño de 1955, cuando se realizó el concurso de la máquina voladora de Maryellen, el gobierno de los EE.UU comenzó un proyecto para poner en órbita el primer satélite hecho por el hombre. Cuando Rusia logró lanzar primero su propio cohete, llamado Sputnik, los Estados Unidos empezaron a invertir dinero en la carrera espacial. En 1958, un pequeño satélite que funcionaba con energía solar, llamado Vanguard 1, finalmente fue lanzado desde Cabo Cañaveral, Florida.

Hoy en día es el satélite más antiguo creado por el hombre ¡que todavía está en órbita!

Junto con los nuevos descubrimientos en ciencias y medicina, los estadounidenses también comenzaron a descubrir su país. Con la economía en constante crecimiento, las personas tuvieron más posibilidades que nunca de tener automóviles y vacaciones remuneradas. Los programas de televisión populares como Davy Crockett y El Llanero Solitario, despertaron el interés de muchas familias por conocer el 'Lejano Oeste', aumentando el número de viajes largos en carretera, principalmente para visitar Yellowstone y otros parques del oeste.

Los avances en el cuidado de la salud, y una fuerte economía, hicieron que los años cincuenta fueran buenos tiempos para los niños; especialmente si formaban parte de una familia blanca de clase media. Si eran miembros de una minoría, la vida era más difícil. En el sur, donde vivían los Larkin, los afroamericanos eran segregados y los mantenían separados de los estadounidenses blancos. Para las familias negras era difícil viajar porque muchos hoteles y restaurantes se negaban a servirles. Los niños negros iban a las escuelas que se suponía que eran "distintas pero iguales"; pero la realidad era que las escuelas para negros tenían menos recursos, algunas veces no tenían los libros o los pupitres suficientes para los alumnos que asistían.

Linda Brown, una niña afroamericana de ocho años de edad que pertenecía a una comunidad racialmente mezclada en Topeka, Kansas, trató de inscribirse en la escuela del vecindario con sus amigas blancas, pero el consejo escolar la envió a una escuela para negros que quedaba muy lejos de su casa. Entonces su padre decidió demandarlos. El caso Brown vs. Consejo educativo, llegó hasta la Corte Suprema, donde se sostuvo que la segregación era perjudicial e inconstitucional, y que debía terminar. Esta decisión se convirtió en un hito en el movimiento por los derechos civiles, el cual tuvo su mayor fuerza durante los años cincuenta y traería cambios incluso más grandes en las décadas venideras.

Descubre más historias sobre MARYELLEN,
disponibles en librerías y en *americangirl.com*

✳ *Clásicos* ✳
La serie de clásicos de Maryellen, ahora en dos volúmenes:

Volumen 1:
Especial y única
Maryellen quiere llamar la atención, pero cuando hace una una caricatura de su maestra, obtiene justo lo que no deseaba. Mientras tanto sus habilidades para el dibujo la ayudan a hacer una nueva amiga, una a quien sus otras amigas consideran ¡el enemigo!

Volumen 2:
Alzando el vuelo
¡La fiesta de cumpleaños de Maryellen es un gran éxito! Emocionada por su fama, entra a un concurso de ciencias. Pero, ¿podrá Maryellen inventar una máquina voladora y planear la boda de su hermana al mismo tiempo?

✳ *Viaje en el tiempo* ✳
Viaja hacia el pasado y ¡comparte un día con Maryellen!

No existen límites
¡Entra al mundo de Maryellen en la década de los 50! Ve a un baile escolar o viaja con la familia Larkin hasta Washington, D.C. Elije tu propio camino con esta historia interactiva.

* Un vistazo a *

No existen límites

Mi viaje con Maryellen

Conoce a Maryellen y viaja en el tiempo.
Elije tu propio camino con esta historia interactiva.

Así es como se debe sentir volar. Mis esquís se deslizan desde lo más alto de la nieve, tan suavemente que parece como si fuera un pájaro volando en picada, muy bajo, al ras de la tierra. Estoy sola, con el cielo azul arriba, la nieve blanca debajo y yo en medio, volando hacia la montaña, tan rápido como una estrella fugaz.

No estoy esquiando por diversión; estoy esquiando para ganar una carrera, y esquiar para ganar es muy, muy importante. Me encantaría poder ir a cualquier parte, eligiendo cualquier camino, el que se vea más inexplorado, más rápido y más divertido. Pero tengo que respetar la ruta de la carrera y seguirla exactamente como está marcada. Y lo más importante: intentar esquiar perfectamente para ganar por mi equipo.

No fue mi idea estar en el equipo de esquí, y tampoco que el esquí se convirtiera en algo tenso y competitivo. Fue idea de mi hermana gemela Emma. A ella le encanta competir, pero sobre todo le gusta ganar. Y casi siempre gana cuando las dos no nos ponemos de acuerdo. Emma no es sólo mi hermana gemela, es mi mejor amiga, y siempre quiero hacerla feliz. Así es como terminé en el equipo de esquí. Emma realmente quería que esquiáramos juntas, así que cedí, como hago generalmente cuando Emma desea algo de todo corazón.

De repente, una ráfaga de viento provoca un remolino de nieve a mi alrededor. El sol se refleja en la nieve y me ciega justo cuando el camino se divide en dos rutas angostas. Echo un vistazo buscando un marcador de ruta, una bandera o una flecha, que señalara la dirección que debía tomar en la desviación. Pero si hay un marcador, el remolino de nieve lo escondió. En ese momento, alguien saluda con la mano, como si estuviera señalándome el camino de la izquierda, así que lo tomo. Este camino serpentea a través del denso bosque. Cuando logro salir del bosque, me dirijo hacia un enorme montículo y salgo disparada por los aires. ¡Genial! ¡Me encantan los saltos! Mientras más alto, mejor. Pero es arriesgado y poco común para la ruta de una carrera.

Continúo bajando por la montaña y finalmente cruzo la línea de meta, paso delante del cronómetro y, para mi asombro, gano la carrera.

Estoy feliz, aunque no tan locamente entusiasmada como lo estaría Emma. Ganar significa más para ella que para mí. Me quito los guantes, los esquís, las gafas y me cambio las botas. Me coloco mis lentes de sol y busco a Emma mientras me apresuro a ir a la plataforma de premiación.

—¡Buen trabajo, Sophie! ¡Así se hace! —me dicen mis compañeros de equipo, que se habían juntado a mi alrededor y me daban palmaditas en la espalda. Incluso el entrenador Stanislav está sonriendo. En la multitud, sobre la plataforma, veo a mis padres y a mi abuela, orgullosos. ¿Pero, dónde está Emma?

—Felicitaciones, Sophie —dice la jueza. Me da la mano y me entrega mi premio.

—Wow —le digo— gracias.

El premio es un fabuloso reloj antiguo, que además es un cronómetro. Saco el hermoso reloj de su caja y estoy a punto de colocarlo en mi muñeca cuando aparece Emma.

—Sophie hizo trampa —dice.

—¿Qué?

—Tomó un atajo —dice Emma— por eso ganó.

—¡Emma! —digo respirando con dificultad. Estaba cayendo del paraíso a la humillación pública. ¿Cómo podía pensar que hice trampa? Es mi hermana, mi otra mitad, mi gemela. Sé que las cosas han estado un poco tensas entre nosotras desde que vino la abuela a vivir a nuestra casa y tenemos que compartir la habitación. ¿Pero está tan enojada como para mentir? ¿Realmente cree que hice trampa? Intento descifrar sus pensamientos, pero ella ni me mira a los ojos.

No soy tan rápida con las palabras como Emma, y ahora intento explicarlo todo.

—Debo haber... creo que cometí un error —balbuceo— me cegó el sol, no podía ver ninguna bandera, y pensé que alguien me señalaba el camino, y...

—¡Sophie! —el entrenador Stanislav me interrumpe. No estoy sorprendida. Incluso para mí, mi explicación suena poco convincente— Si hiciste trampa —continúa mi entrenador— di la verdad.

—No hice trampa —insisto— nunca haría trampa. Fue un error.

Mamá me abraza para consolarme.

—Tendremos que investigar qué sucedió, entrenador —dice la jueza. Me mira y extiende su mano, reclamando de vuelta el reloj.

Desabrocho la correa de mi muñeca mientras mis dedos torpes tiemblan. Sin querer toco el botón del cronómetro y, ¡zuuuummm!

En un segundo.

En lo que dura un parpadeo.

Igual que cuando estaba esquiando, tengo la sensación de volar como una estrella fugaz. Y cuando todo termina, me encuentro en... bueno, no estoy segura de dónde estoy.

De lo que sí estoy segura, es de que ya no estoy en la montaña de esquí. Estoy en la entrada de una pequeña casa. Hay una furgoneta en la entrada, junto a una gran casa rodante plateada. Un sol incandescente se refleja en la casa rodante, y yo me doy cuenta de que me estoy asando con mi uniforme del equipo de esquí.

El aire es húmedo y huele bien, a frutas y a flores. La entrada está rodeada de palmeras, flores y enormes arbustos con... ¿limones? Toco uno. Sip, es un limón.

¿Dónde estoy? ¿Qué me sucedió? Es obvio que ya no estoy en Cedar Top - Carolina del Norte, mi ciudad natal, cubierta de nieve.

Miro el reloj que está todavía en mi mano. Lo

último que hice fue presionar sin querer el botón del cronómetro. ¿Es posible que el reloj me haya transportado? Si vuelvo a presionar el botón, ¿volveré a casa?

Mi corazón se acelera con esperanza. Quizá el reloj me lleve de vuelta un momento antes de elegir la ruta equivocada, antes de la traición de Emma, antes de que todo lo malo sucediera.

Pero quizá el reloj me transporte a otro lugar completamente diferente. Si eso pasa ¿qué haré?

Solamente hay una manera de averiguarlo.

Toco el botón del reloj y...

¡Zuuuummm!...

Una vez más, siento como si estuviera volando... cuando abro los ojos, estoy de nuevo en la plataforma de premiación de la pista de esquí. Mamá me consuela. Papá y la abuela parecen estar tristes. El entrenador Stanislav y la jueza me miran con el ceño fruncido y puedo ver claramente la desaprobación en los rostros de todos mis compañeros de equipo. Es como si el tiempo no hubiera pasado, como si nadie hubiera respirado ni una sola vez.

Si tan sólo pudiera demostrar que no hice

trampa, que sólo cometí un error. ¿Pero cómo? Emma, quien por lo general toma la iniciativa y habla por mí, ahora me acusa.

Me siento perdida, sin esperanza y abrumada. De repente, sólo quiero desaparecer.

¿Volverá a transportarme el reloj? Me gustaría regresar al lugar cálido, preferiría ir a cualquier lugar antes que quedarme aquí. Me encantan las estrellas, la luna y los planetas, ¡con mucho gusto me iría a otro planeta en este preciso momento!

Nadie va a extrañarme. En este momento están congelados, y necesito tiempo para pensar qué hacer con lo de la carrera de esquí.

Juntando todo mi valor, cierro mis ojos y presiono el botón del cronómetro nuevamente.

Zuuuummm...

Nuevamente esa sensación de estar volando...
y cuando abro los ojos, estoy otra vez en la entrada, junto a los arbusto de limones. Siento una cálida ráfaga de alivio por estar de vuelta en este lugar tan agradable y lleno de palmeras.

Estoy admirando la casa rodante (es tan aerodinámica y plateada como una nave espacial) entonces, la puerta lateral de la casa se abre y sale una niña que parece tener mi edad.

Es delgada y parece ser amigable. Tiene el cabello rojo recogido en una cola de caballo que brilla con la luz del sol. Un perro salchicha gordinflón camina detrás de ella, los siguen dos hermosos pequeños (uno tiene un casco de bombero), con ellos también está una niña pequeña que usa un tutú y una corona de cartón.

Me quedo congelada, esperando un intenso interrogatorio acerca de quién soy y qué se supone que estoy haciendo en su entrada.

En cambio, la niña con la cola de caballo me sonríe de manera amigable y dice:

—¡Oh, hola. Soy Maryellen Larkin! ¿No te parece encantadora la Airstream? A todos les gusta. Por cierto, ella es mi hermana Beverly y tiene siete años. El bombero es Tom, tiene cinco años, y el más pequeño es Mikey, que tiene tres años. Nuestro perro es Scooter. ¡Estamos muy contentos de que estés aquí!

Mikey, el más pequeño, corre hacia mí eufórico y abraza mis piernas, casi tira mis lentes de sol.

Maryellen sigue hablando:

—Estamos emocionados desde que escuchamos que ibas a venir. Te va a encantar Daytona Beach.

¿Daytona Beach? ¿Eso no queda en Florida? ¿Estoy en Florida? ¿Y Maryellen y su familia me han estado esperando? Estoy tan sorprendida que me quedo sin palabras.

Tom, el niño con el casco de bombero, me pregunta:

—¿Cómo te llamas?

—Sophie —logro decir.

No sé por qué, pero mi nombre hace que todos los Larkin sonrían. Nunca antes pensé en mi nombre o en mí como una razón para sonreír. Se siente bien. Y entonces comienzo a relajarme un poco.

—¿Sophie? —dice Maryellen alegremente— ¿Te pusieron así por la cantante Sophie Tucker? La vemos mucho en el programa The Ed Sullivan Show.

Me encogí de hombros y sonreí.

—No lo sé —digo. Nunca escuché sobre Sophie Tucker o el programa The Ed Sullivan Show. Mamá me dijo que a mi abuela fue a la que se le ocurrió mi nombre.

—Mi abuelo me dice Ellie —dice Maryellen. Luego

ella me pregunta— ¿Cuántos años tienes?

—Diez—respondo.

—¡Yo también! —dice.

—¿Tienes hermanos o hermanas? —pregunta
Beverly acomodando su corona.

Yo asiento.

—Una hermana —digo, poniéndome un poco tensa
cuando pienso en Emma.

—Mamá tiene muchas ganas de conocerte —dice
Maryellen— Tu tía Betty es una de sus más antiguas
amigas.

—Betty nos visitó el año pasado —interrumpe
Beverly.

—Fue idea de mamá que tú vinieras a quedarte con
nosotros por un tiempo, mientras Betty ayuda a tus
padres a mudarse de Nueva York a Washington, D.C.
—Maryellen comienza a llevarme hacia la casa—. Es
una suerte que Betty trabaje para la aerolínea y que
tu vuelo fuera gratis. Vamos adentro, para que mamá
pueda llamar a tus padres y decirles que ya llegaste.

—Eh... —estoy tan confundida que no sé qué decir.

Justo cuando Maryellen comienza a abrir el mosquitero de la puerta, Beverly la detiene.

—Espera, Ellie —dice ella— ¿Cómo sabes que Sophie es la sobrina de Betty? Quizá es una niña nueva que se está mudando al vecindario. —Beverly me mira e inclina la cabeza— ¿Es así? —pregunta— ¿Estás mudándote al vecindario con tu familia?

*✳ *Si decides entrar a la casa de Maryellen,
ve a la página 15.*

*✳ *Si decides decirle Beverly que eres nueva
en el vecindario, ve a la página 17.*

Acerca de la autora

VALERIE TRIPP cuenta que gracias a su personalidad curiosa se convirtió en escritora. Dice que para poder escribir es necesario un interés por prácticamente todo. Su deporte favorito es hablar. Y escribir es una forma de hablar, pero en papel. Es una soñadora, esto le ayuda crear grandes historias. Y por supuesto, adora las palabras. Incluso le gusta ese debate interno cuando trata de encontrar las palabras correctas. Valerie Tripp vive actualmente en Maryland con su esposo.